洛夫禪詩・超現實詩精品選

禪魔 共舞

洛夫

禪在何處？它就靜靜地蹲伏在
你那暖暖的跫音深處

洛夫

目次

5 目次

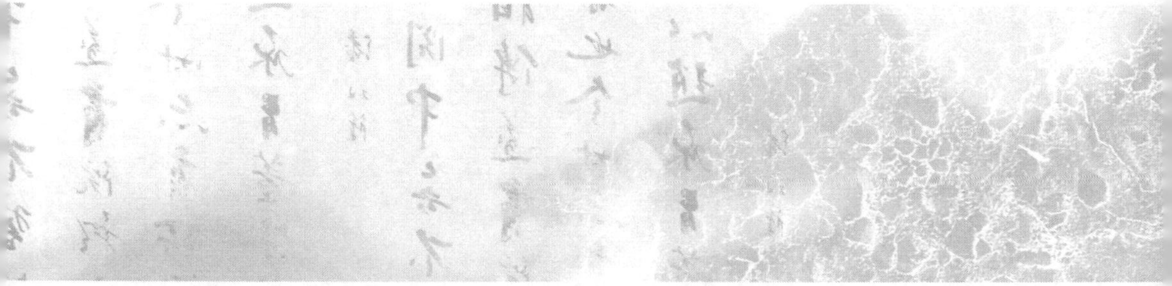

代序　禪詩的現代美學意義

洛夫

在中國傳統美學中，禪悟是一個審美心理活動的重要概念。在詩中，禪悟又須與境界建立起有機性的聯繫。禪悟，以宋代嚴羽的話來說，也就是「妙悟」，他在《滄浪詩話》中說：「大抵禪道唯在妙悟，詩道亦在妙悟。」不論漸悟或頓悟，這個「悟」就是進入禪道的不二法門。禪宗之所以強調「悟」，是因為所謂佛理是一種「實相無相」的微妙法門，就詩而言，這種「實相無相」就是詩的境界，以現代心理學的觀點來看，這是在人的潛意識裡，因純粹心靈感悟所產生的空靈境界。禪道在於空，詩道在於靈，所以空靈為禪詩不可或缺的一種屬性。

空靈也是純詩的一種特徵。

我早年寫詩便有一個突破性的想法：企圖將禪的思維與生活中偶爾體驗到的禪趣引入詩的創作，為現代詩的內涵與風格開闢一條新的路向。我的第一部長詩《石室之死亡》出版時

（一九六五年），我在自序中指出：超現實主義的詩進一步勢必發展為純詩，純詩乃在於發掘不可言說的內心經驗，故發展到最後即成為禪的境界，真正達到不落言詮、不著纖塵的空靈境界。

時隔四十餘年，我這一得之見，至今並無本質上的改變。多年後，我從純詩到禪詩這一發展過程又有了新的論證，這就是我把西方超現實主義與東方禪宗這一神秘經驗予以融會貫通，而蛻變為一種具有現代美學屬性的現代禪詩，我認為這種禪詩有一種可以喚醒生命意識的功能。實際上中國傳統文學和藝術中都有一種飛翔的，飄逸的，超越的顯性素質，也有一種寧靜的，安詳的，沉默無言的所謂「羚羊掛角，無迹可求的」隱性素質，這種隱性素質就是詩的本質，也是禪的本質。我認為一個詩人，尤其是一位具有強烈生命意識，且勇於探尋生命深層意義的詩人，往往不屑於貼近現實，用詩來描述、來拷貝人生的表象，他對現實的反思，人生的觀照，以及有關形而上的思考，都是靠他獨特的美學來表現的，其獨特之處，就是超現實主義與禪的結合，而形成一種既具有西方超現實特色，又具有中國哲學內涵的美學。超現實的作品力圖通過對夢與潛意識的探索來把握人的內在真實，而禪則講究見性明心，追求生命的自覺，過濾潛意識中的諸多欲念，使其升華為一種超凡的智慧，藉以悟解生命的本真。超現實與禪二者融合的詩，不但對現實世界作了新的調整，也對生命作出了新的詮釋。

超現實主義最大的特色在於採用自動語言。不論是發掘潛意識的真實，反對邏輯思辨的虛幻，或凸現人生的荒謬，超現實主義都在扮演一個反叛角色，但就詩歌的創作而言，它仍有其正面的意義，它有助於詩人心象的擴展，詩的純粹性的把握，更重要的是，它採用的自動語言可使詩從傳統修辭學中得到解放。超現實派詩人認為，唯有放棄對語言的控制，真我與真詩才能浮出虛假的水面，凡是經過刻意修飾的漂亮文字，都是人造的偽詩。

至於中國的禪，絕非什麼超自然的神秘主義，它的特色是融合儒、道、釋三家的精神於一體，愈到近代，其哲學意義愈大於宗教意義。禪宗主張覺性圓融，直觀自得，而這種覺性與直觀乃出於潛意識的真實，亦即生命的本真。禪宗到了馬祖創立南宗，主張平常心是道，在紅塵中修佛才是真佛，因此禪可以是一種大眾化的形而上，如透過詩的形式來表達，禪也就像超現實主義同樣可以使詩人的精神達到超越的境界。禪宗主張「不立文字」，因為文字受到理性的控制，難以回歸人的自性，這與超現實主義反對邏輯語法，採用自動語言的立場是一致的。試看以下這段禪師的對話：

> 趙州從諗禪師參南泉，問如何是道？泉曰：平常心是道。師曰：還可趣向也無？泉曰：擬向則乖。師又曰：不擬爭知是道？泉曰：道不屬知，亦不屬不知，知是幻覺，不知是無記，若真達不疑之道，猶如太虛，廓然蕩豁，豈可強是非耶？

對話中所謂的「趣向」，即是邏輯推理，這說明禪道一經理性的辨析便立刻受到歪曲而落入虛幻。然而，就詩歌的創造過程而言，語言的轉化是一個重要關鍵。潛意識本身不是詩，如果詩歌創作完全依賴潛意識而採用一種不受理性控制的自動語言，其結果勢必陷於一片混亂。目前我們讀到許多既不可知解，也無從感覺的偽詩，就是假超現實主義（或後現代主義？）之名而行之。因此，多年來我一向主張一種修正的約制超現實主義。我始終認為：詩的本質應介於意識與潛意識，理性與非理性，現實與超現實之間。詩的力量並非完全來於自我的內在，而是產生於詩人內心世界與外在現實世界的統一，只要我們把主體生命融入客體事物之中，潛意識才能升華為一種詩的境界。在語言的處理上，詩人尤應善加約制，詩人在創作過程中，可說是一個醒著做夢的人。在詩的醞釀階段，他的詩情詩意多半處於一種不穩定不清晰的朦朧狀態，但當語言形成活生生的意象而成為詩歌文本時，詩人必須清醒地做語言的主人，對語言作有效的掌控。

在探討詩歌語言的問題上，我在詩集《魔歌》的自序中，曾對創作一首禪詩的心理過程有這樣一段闡述：語言既是詩人的敵人，也是詩人唯一憑借的武器。詩人最大的企圖就是要將語言降服，使其成為一切事物和人的經驗的本身，若要達成這一企圖，詩人首先必須把自身割成碎片，而後融入一切事物之中，使個人的生命與天地萬物的生命融為一體。做為一個詩人，我必須意識到：太陽的溫熱也就是我血液的溫熱，冰雪的寒冷也就是我肌膚的寒冷，我隨雲絮而遨遊八荒，海洋因我的激動而咆哮，我一揮手便群山奔走，我一歌唱便使一株果樹在風中受孕，葉落花墜，我的肢體也隨之碎裂成片。我可以看到山鳥通過一幅畫而融入自然之中，也可聽到樹中年輪旋轉的聲音。

事後發現，這一段意象化的詩性語言所闡述的內涵，與下面這一段莊子〈齊物論〉的話有著驚人的相似：昔者莊周夢為蝴蝶，栩栩然蝶也。自喻適志與！不知周也。俄然覺，則蘧蘧然周也。不知周之夢為蝴蝶與？蝴蝶之夢為周與？周與蝴蝶則必有分矣，此之謂物化。

莊子夢蝶以寄託有分與無分，有分即是個體的互異，無分則是萬物的一體，其實莊子是說：萬物各有面貌，有分是現象，是佛陀眼中的不變。故我認為，凡作禪詩者或論禪詩者都不能不具備這種心理因素。多年前我寫的這首〈金龍禪寺〉即是源於一種入禪的心理而作的：

晚鐘
是遊客下山的小路
羊齒植物
沿著白色的石階
一路嚼了下去

如果此處降雪

而只見
一隻驚起的灰蟬
把山中的燈火
一盞盞地
點燃

顯然這首小詩就是我採用超現實主義的技巧，結合禪的妙悟心法所做的一次詩歌美學的實驗，我所要表現的，乃是根據我的物我同一觀念，盡量消除個體的差異而使人與萬物融為一體。當灰蟬驚起而鳴，掠過暮靄中的樹枝山嶺，山中的燈火也全給吵醒了，點亮了，這時你會頓然感到內心一片澄明，突然驚悟，生命竟是如此的適意自在。

禪詩通常可分為兩類，一類是禪師寫的詩，乃寓禪於詩，把詩當作宣示禪道的媒介，例如神秀的示法詩：「身為菩提樹，心如明鏡臺，時時勤拂拭，莫遣有塵埃。」就是這類徒具詩的形式而旨在說禪的詩。另一類是詩人寫的禪詩，使用簡單明徹的意象以顯示禪意或禪趣的詩。詩人以禪入詩，詩評家以禪論詩，其濫觴可遠追於盛唐，如王維、白居易、陳子昂等，無不精於禪理，即以富於社會責任感而善於處理現實題材的杜甫而言，客居四川成都的大部分作品也都能表現那種閑適恬淡的情趣，自有活潑的生機，既寫出了物理的常態，也寫出超然物外的自性感悟，一種難以言說的禪趣。詩人的禪，一是從生活中悟出的禪理，一是從生活中體驗到的禪趣。其實禪宗發展到馬祖、石頭，已開始主張「平常心是道」，禪就在穿衣吃飯的日常生活之中。依我個人的看法，禪不一定就是寺廟之禪、僧人之禪，可以說只是當下我們對萬事萬物的入神觀照，對生命的整體感悟，對美的一種永恆凝視。

何謂禪趣？詩的趣味又是什麼？這點嚴羽說得最為透徹：「詩有別材，非關書也；詩有別趣，非關理也……盛唐諸人唯在興趣，羚羊掛角，無迹可求，故其妙處透徹玲瓏，不可湊泊，如空中之音，相中之色，水中之月，鏡中之象，言有盡而意無窮。」（見《滄浪詩話》）錢鍾書說：「不泛說理，而狀物態以明理，不空言道，而寫器用以載道，拈此形而下者以明形而上者也。」（見《談藝錄》）他們都從不同角度不同方式說明了禪趣的奧祕。錢氏之言，也正是我常強調的意象思維，如不透過意象來表現（狀物態以明理），再高深的理，再玄妙的道，在一首詩中只是空話，我們要的當然不是空話，而是語言以外的無窮意味。

禪趣也不一定表現在機巧漂亮的詩句中，王維的「空山不見人，但聞人語響，返景入深林，復照青苔上。」語言淺白，沒有世俗所謂的意義，看來似乎什麼也沒說，卻直覺得興味盎然，佛家所謂「言語道斷」，這種興味可意會，不可言詮。王維另一首膾炙人口的禪詩是〈鳥鳴澗〉：「人閑桂花落，夜靜春山空，月出驚山鳥，時鳴春澗中。」我們讀這首詩最初的體味是江南雲溪春夜的萬籟俱寂和整個宇宙的空曠，而這種靜寂與空曠卻是由一連串的「動」和

「聲音」所形成。「花落」「月出」是動，同時你也可以由「心耳」聽到花落的聲音，月出而驚得山鳥撲翅亂飛的聲音。佛言：「譬如小澗響聲，愚痴之人謂之實聲，有智之人只知其非真。」但話說回來，如沒有實聲的襯托，就無法表達這種「知其非真」的虛靜寂滅的禪境。以詩的本質而言，王維的禪境其實不在乎「禪」，而更在於他那種獨特的語言藝術形式，以及透過這一形式所表達的美感經驗，也就是詩的意境和詩的趣味。這類詩沒有時態，這表示詩人不是從某一特定時間去觀察，而是在永恆的觀照下呈現出大自然的真貌。

由詩而魔，由魔而禪，由生命詩學進而潛入禪思詩學，這對我來說不是遁逸，而是超越，換一種方式觀照人生、審視世界。數年前我將散落在各個詩集中的現代禪詩精選七十餘首結集出版，書名《洛夫禪詩》，為近年來兩岸漸次展開的現代禪詩詩學研究提供了一個具體的參照個案。於今我又將近年來累積的現代禪詩，加上另一部份具有「超現實」特徵的詩予以篩選後結集問世。這篇代序僅從宏觀角度闡述我對禪詩的理解，並試圖探究禪詩的現代美學意義，至於對個別詩篇的解讀與賞析，則有賴於讀者不同的感悟了。附帶說一句：「禪魔共舞」這個書名也是幾經考慮才定下來的，看似輕佻，甚至有點俗氣，倒也可說明這個集子的特性。

二〇一一年五月於加拿大溫哥華

窗下

當暮色
裝飾著雨後的窗子
我便從這裡
探測出遠山的深度

在玻璃上呵一口氣
再用手指
畫一條長長的小路
以及小路盡頭的
一個背影

有人從雨中而去

洛夫

禪味

禪的味道如何
當然不是咖啡之香
不是辣椒之辛
蜂蜜之甜
也非苦瓜之苦
更不是紅燒肉那麼豔麗，性感
那麼膩人
說是鳥語
它又過份沉默
說是花香

它又帶點舊袈裟的腐朽味
或許近乎一杯薄酒
　一杯淡茶
或許更像一杯清水
其實，那禪麼
經常赤裸裸地藏身在
我那只
滴水不存的
杯子的
空空裡

窗下

當暮色裝飾著雨後的窗子
我便從這裡探測出遠山的深度

在窗玻璃上呵一口氣
再用手指畫一條長長的小路
以及小路盡頭的
一個背影

有人從雨中而去

夜登普門寺

說山中月光的皮膚如何如何冰涼
想必無人相信

小徑旁一叢青竹
竹林中一座新墳
我站在那裡久久守候
一株山茶
從霧中伸出手來

山鳥
隱隱從峰頂掠起
如著火的意象
從一冊唐詩中飛出
它的韻味
決不可能在
城市的燈火裡尋到

不相信山中月光的皮膚是冰涼的？
你聽，一個挑水的小和尚
一路噴嚏而去

論女人

既非雨又非花
既非霧又非畫
既非雪又非煙
既非燈又非月
既非秋又非夏

有時名詞有時動詞
有時房屋有時廣場
有時天晴有時落雨
有時深淵有時淺沼

有時過程有時結局
有時驚嘆有時問號

說是水，她又耕成了田
說是樹，她又躺成了湖
說是星，她又結成了鹽
說是魚，她又烤成了餅
說是蛇，她又飛成了鷹

蛇之騷動

冰涼的意念
又如何能使脈管中的血水沸騰？
說的也是
牠抱自己的蛻衣沉思
牠把冷卻後的悲憤
從一口毒牙中
逼出

有時就這麼盤蜷過冬
孵一枚小小的

太陽之卵
另些時候則沿著弄蛇者的笛音
爬升
及至舞成
一朵薔薇

裸奔

之一

自成形於午夜
午夜一陣寒顫後的偶然
他便歸類為一種
不規則動詞，且苦思
太陽為何堅持循血的方向運行
窗外除了風雪
僅剩下掛在枯樹上那隻一瘦
再瘦的紙鳶

鷓鴣聲聲，它的穿透力
勝過所有的刀子
而廣場上
那尊銅像為何從不發聲
他說他不甚了了

他就是這男子
胸中藏著一隻蛹的男子
他把手指伸進喉嚨裡去掏
多麼希望有一隻彩蝶
從嘔吐中
撲翅而出

之二

帽子留給父親
衣裳留給母親
鞋子留給兒女
枕頭留給妻子
領帶留給友朋
雨傘留給鄰居

（他打了一個哈欠）

床舖留給白蟻
書籍留給蟑螂
照片留給牆壁

信件留給爐火
詩稿留給風雨
酒壺留給月亮

（他緩緩蹲下身子）

手腳還給森林
骨骼還給泥土
毛髮還給草葉
脂肪還給火焰
血水還給河川
眼睛還給天空

（他猛然抬起頭來）

歡欣還給雀鳥
惱怒還給拳頭
悲痛還給傷口
抑鬱還給鏡子
仇恨還給炸彈
茫然還給歷史

（準備衝刺——）

他開始溶入街衢
他開始混入灰塵
他開始化入風雪
他開始步入樹木
他開始熔入鋼鐵
他開始揉入花香

遂提升為
可長可短可剛可柔
或雲或霧亦隱亦顯
似有似無抑虛抑實
之
赤裸

山一般裸著松一般
水一般裸著魚一般
風一般裸著煙一般
星一般裸著夜一般
霧一般裸著仙一般
臉一般裸著淚一般

之三

他狂奔
向一片洶湧而來的鐘聲……

清明

我們委實不便說什麼，在四月的臉上
有淚燦爛如花
草地上，蒲公英是一個放風箏的孩子
雲就這麼吊著他走

雲吊著孩子
飛機吊著炸彈
孩子與炸彈都是不能對之發脾氣的事物
我們委實不便說什麼的事物

清明節
大家都已習慣這麼一種遊戲
不是哭
而是泣

灰燼之外

你曾是自己
潔白得不需要任何名字
死之花，在最清醒的目光中開放
我們因而跪下
向即將成灰的那個時辰

而我們什麼也不是，紅著臉
躲在褲袋裡如一枚贋幣
你是火的胎兒，在自燃中成長
無論誰以一拳石榴的傲慢招惹你

便憤然舉臂，暴力逆汗水而上
你是傳說中的那半截蠟燭
另一半在灰燼之外

隨雨聲入山而不見雨

撐著一把油紙傘
唱著「三月李子酸」
眾山之中
我是唯一的一雙芒鞋

啄木鳥　空空
回聲　洞洞
一棵樹在啄痛中迴旋而上

入山
不見雨
傘繞著一塊青石飛
那裡坐著一個抱頭的男子
看煙蒂成灰

下山
仍不見雨
三粒苦松子
沿著路標一直滾到我的腳前
伸手抓起
竟是一把鳥聲

白色之釀

把這條河岸踏成月色時
水聲更冷了
我便拾些枯葉燒著
且裸著身子躍進火中
為你釀造

雪香十里

有鳥飛過

香煙攤老李的二胡
把我們家的巷子
拉成一綹長長的濕髮

院子的門開著
香片隨著心事　向
杯底沉落
茶几上
煙灰無非是既白且冷
無非是春去秋來

你能不能為我
在藤椅中的千種盹姿
各起一個名字？

晚報扔在臉上
睡眠中
有
鳥
飛過

金龍禪寺

晚鐘
是遊客下山的小路
羊齒植物
沿著白色的石階
一路嚼了下去

如果此處降雪

而只見
一隻驚起的灰蟬

把山中的燈火
一盞盞地
點燃

金龍禪寺

晚鐘
是遊客下山的小路
羊齒植物
沿著白色的石階
一路嚼了下來

如果此處降雪

而只見
一隻驚起的灰蟬
把山中的燈火
一盞盞地
點燃

洛夫

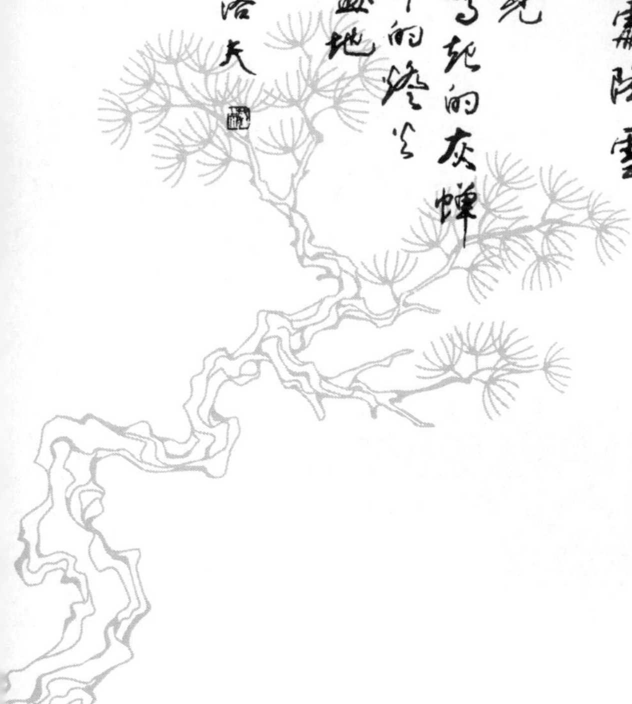

焚詩記

把一大疊詩稿拿去燒掉
然後在灰燼中
畫一株白楊

推窗
山那邊傳來一陣伐木的聲音

雨中獨行

風風雨雨
適於獨行
而且手中無傘
不打傘自有不打傘的妙處
濕是我的濕
冷是我的冷
即使把自己縮成雨點那麼小
小
也是我的小

清明四句

清明時節雨落無心
煙從碑後升起而名字都似曾相識
一隻白鳥淡淡掠過空山
母親的臉在霧中一閃而逝

葬我於雪

用裁紙刀
把殘雪砌成一座小小的墳
其中埋葬的
是一塊煉了千年
猶未化灰的
火成岩

剔牙

中午，全世界的人都在剔牙
以潔白的牙籤
安詳地在
剔他們
潔白的牙齒

依索匹亞的一群兀鷹
從一堆屍體中飛起
排排蹲在
疏朗的枯樹上

也在剔牙
以一根根瘦小的
肋骨

夢醒無憑

一隻產卵後的蟑螂
繞室亂飛
我被逼得從五樓的窗口跳下
地面上
留下了一灘月光

夢醒無憑
翻過身
又睡著了

烏來山莊聽溪

且以風雨聽
以冷聽
以山外的燈火聽
那幽幽忽忽時遠時近的溪水
夜色中，極目搜尋
那聲嗚咽響自何處
什麼地方都找遍了
就是忘了橫梗胸中的那一顆
圓圓的卵石

雨想說的

在頂好市場購得一把雨傘
其實當時並未下雨
胸中只有燈火，了無濕意
其實買它只是為了丟掉
我真的買了一把雨傘
其實我想說的
正是雨想說的
流過你窗外的淡淡的水跡想說的

雨想說的
在頂好市場
躊躇一把雨傘
其實當時並未下雨
胸中只有偌大
了無濕意
其實
買它只是為了丟掉
我真的買了一把傘
其實
我想說的
正是雨想說的
流過你窗前的
淡淡的水流想說的
洛夫

井邊物語

被一根長繩輕輕吊起的寒意
深不盈尺
而胯下咚咚之聲
似乎響自隔世的心跳
那位飲馬的漢子剛剛過去
繩子突然斷了
水桶砸了，月亮碎了
井的曖昧身世
繡花鞋說了一半
青苔說了另一半

臨流

站在河邊看流水的我
乃是非我
被流水切斷
被荇藻絞殺
被魚群吞食
而後從嘴裏吐出的一粒粒泡沫
才是真我

我定位於
被消滅的那一頃刻

無題四行（十四首）

一

書桌上靜坐著
一盆高不盈尺的小榕樹
燭光下閃爍的詩心
驟然冒起萬丈的青焰

二

太陽升起之前
一株桃樹在霧中自我受胎
想必春天即將來臨
夜聞地層下響起陣痛的呼叫

三

在石縫中大聲呼求的
正是那顆不死的麥子
它吃自己長大
卻把生之痛楚留給明日的新穗

四

注視鏡中的白髮怔忡不語
我發現額上的灰塵何止三千

月曆雖是一幅複製的山水
時間卻不容褻玩

五

一把身世黯淡的劍
沾上鮮血便頓時輝煌起來

隱於鞘中的一團迷惑
豁然劈開於寒芒之一閃

六

當你們想說服我以皮鞭，刀子，毒鴆
我啞默如牆

只有美麗的雀鳥
才喜歡對著獵人的槍口唱歌

七

夏夜眾星熠熠
我抓來最亮的一顆嚼而食之

當銀河系爆炸，太空全盲
我是宇宙中唯一的發光體

八

清晨的霧中
一株山茶向我伸出白淨的手
看到一隻毛蟲鑽進了花心
突然發現愛竟是如此椎心刺骨

九

有人問大海：
我們如何分辨恐懼和存在？
就像海水與鹽嗎？
大海不答，嘩然掀起一陣巨浪

十

逼我信服權威
亦如逼我信服一隻鏤花的骨灰甕

你說我害怕夜半敲門？
才不，我是思想的獨身漢

十一

三十年之後
燈下的影子依然如此羞怯，而
酒杯中的蛇影更為驚人
母親啊，我已老得如牆上那把弓了

十二

我們玩過玻璃珠子
我們玩過跳繩

我們剛躍過了地平線
卻又自囚於粉筆畫的牢房

十三

路過葡萄架時，我常問自己：
你願意被榨成美酒嗎？

最後，我把答案寫在
你們的紅潤上，我的蒼白上

十四

詩能抓住下墜的靈魂嗎？
我站在語言的懸崖邊呼救
看到你們在詩中行走如踩鋼索
我便得意地笑了

枯魚之肆

每天路過
便想到口渴
想到鞭痕似的涸轍
以及魚目中好大的
一片空白

毋須掩鼻而過
或作不屑於問聞之態
斤斤計較的無非是去鰓除鱗
至於那些腐臭的鯉魚

何嘗不是一一越龍門而來
只是牠們的下游
止於砧板

淚巾

首先感知河水溫度的
不見得就是鴨子
亦非入水便手腳發軟的柳條
而是橋上的女子
女子手中的
一條被風吹落的
淚巾

曇花

反正很短
又何苦來這麼一趟

曇花自語，在陽台上，在飛機失事的下午
很快它又回到深山去了
繼續思考
如何　再短一點

信

昨天收到一封信
打開信封發現只有一撮灰
撥開灰燼看到一張臉
果然是你，只有你
深知我很喜歡焚過的溫柔
以及鎖在石頭裡的東西

絕句十三帖

第一帖

玫瑰枯萎時才想起被捧著的日子
落葉則習慣在火中沉思

第二帖

所有鮮花都挽救不了鏡中的蒼白
繞到鏡子背後
我看到一堆化石

第三帖

牆上一根釘子有什麼可怕
可怕的是那
釘進去而且生鏽的一半

第四帖

夏蟲望著冰塊久久不語

啊，原來只是
一堆會流淚的石頭

第五帖

風息後，蜘蛛忙於修補
那張由別人夢魘織成的網
最後連自己的不幸也織了進去

第六帖

人人每天都要刷牙
而國會麥克風的牙齒從來不刷
任細菌擴散

第七帖

嫌空氣太髒
我把皮膚翻過來穿

除了我
全世界的人都在喊痛

第八帖

愛情不作興預約
說來就來
蛇咬人從來不打招呼

第九帖

擦槍擦了四十年的老班長
於今坐在搖椅上
輕輕地刮著滿身的鐵鏽

第十帖

雨停了
電視裡一場大火燒死了幾個聖人
雨，忽然又下了起來

第十一帖

我正在尋找一雙結實的筷子
好把正在沉淪的地球挾起來

第十二帖

一尾被釣起的魚
身在半空仍嘀咕不休：
這是我一生中最重要的選擇，可不能出錯

第十三帖

春天真好
萬物各安其生
雀鳥的啁啾只不過是蟲子驚叫的回聲

雁塔（西安四說之一）

那怕是在最高一層的秋風裡
沒有一件東西叫做雁
只見
靠西邊的窗口
有一顆潰敗的落日
向咸陽的樺木叢中
翻滾而去

每層有每層不同的景色
每層有每層不同的風聲

每層有每層不同的空白
每層有每層不同的寂寞
雨夜的長安真好
酒館裡
淡淡的燈火下
那位打瞌睡的男子據說也是個詩人

這時，塔頂突然有了動靜
疑是玄奘的腳步聲
上去一看
原來是一行青苔
悄悄向窗外爬去

碑林（西安四說之二）

千間廂房內
羅列著
一塊塊時間的碎片
誰也說不清楚
那些鐵青的臉的後面藏了些甚麼
鑿子，嚴酷地
審問著石頭
要求
把內部亙古的孤寂釋放
不錯，每個漢字

都在這裡找到了殘破的家
據說它將以最堅硬的核
鞏固我們
即將淪為廢墟的靈魂
據說……

八斗子物語

晚潮中
八斗子港灣的漁船在爭相傾訴
生之悲愴
船上，陰鬱的釘子
緊緊地抱著一塊腐朽的木頭入睡
鼾聲中，徐徐吐出
滿嘴的鏽味

水墨微笑

不經意的
那麼輕輕一筆
水墨次第滲開
大好河山為之動容
為之顫慄　為之
暈眩

所幸世上還留有一大片空白
所幸

左下側還有一方小小的印章
面帶微笑

水墨微笑

不經意地
那麼輕輕一筆
水墨次第滲開
大好河山為之動容
為之顫慄，為之
暈眩

所幸世上還留有
一大片空白
所幸左下側
還有一方小小的印章
面帶微笑

洛夫書於雪樓

白色的喧囂

棲於最高點
而滿身涼嗖嗖的一輪冷月
正是我
去年秋天收割的
唯一的一句詩

半夜
心中皎然
我沿著四壁遊走
心驚於

室外逐漸擴大的
白色的喧囂
一列火車從雪原上迤邐遠去

未寄

某夜
好像有人叩門

院子的落葉何事喧嘩
我把它們全都掃進了
一隻透明的塑料口袋
秋，在其中蠕蠕而動

一隻知更鳥啣著一匹艾草
打從窗口飛過

這時才知道你是多麼嚮往灰塵的寂寞
寫好的信也不必寄了
因為我剛聽到
深山中一堆骸骨轟然碎裂的聲音

買傘無非是為了丟掉（隱題詩）

買把傘吧
傘黑著臉不表示任何意見
無聊的日子偏逢下雨
非非主義者麇集在成都一家茶館
是了，這次討論的主題是
為何人人都需要一把傘，為
了遮風擋雨？不，為了
丟
掉

尋

松下無童子可問
實際上誰也不知雲的那邊有些什麼
登山不作興奔馳
擦汗也只是在風來之前進行
雙腿發軟，足證峰頂距離天堂
尚遠。上面輕霧如煙
看來頗像魏晉南北朝的詩句
至於寺鐘
傳到耳中時已是千年後的餘響了
所以，如以陶淵明那種方式看山

就不致汗濕青衫，氣喘如牛
但我必須攀登
只為搜尋那一聲聲
驚我心且動我魄的
空山中的蟬鳴

這就是絕頂了
我回首向山下大聲歡呼
我終於找到了
一枚灰白的
蟬蛻

我在水中等你

尾生與女子期於梁下，女子不來，水至不去，抱梁柱而死。

——莊子〈盜跖篇〉

水深及膝
淹腹
一寸寸漫至喉嚨
浮在河面上的兩隻眼睛
仍炯炯然
望向一條青石小徑
兩耳傾聽裙帶撫過薊草的窸窣

日日
月月
千百次升降於我脹大的體內
石柱上蒼苔歷歷
臂上長滿了牡蠣
髮，在激流中盤纏如一窩水蛇

緊抱橋墩
我在千噚之下等你
水來我在水中等你
火來
我在灰燼中等你

走向王維

一群瞌睡的山鳥
被你
用稿紙摺成的月亮
窸窸窣窣驚起
撲翅的聲音
嚇得所有的樹葉一哄而散
空山
闃無人跡
只有你，手撫澗邊石頭上的溼苔
啊！都這麼老了

滿谷的春花
依時而萎
天寶十年？十二年？十五年？
生得，死得，閒得
自在得如後院裡手植的那株露葵
而一到下午
體內體外都是一片蒼茫
唯有未乾的硯池
仍蓄滿了黑色的囂騷
於是，懶懶地，策杖而行
向三里外的水窮處踱去
佇立，仰面看山
看雲，靉靉靆靆地
從你荒涼的額上淡然散去
這時乍然想到一句好詩

剛整好吹亂的蒼髮又給忘了
前些日子，有人問起：
你哪首詩最具禪機？
你閒閒答曰：
不就是從「積雨輞川莊作」第三句中
漠漠飛去的
那隻白鷺
語畢，一衣襟的紫苜蓿
沿著石階一路簌簌抖落
秋，便瘦瘦地
隨著猶溫的夕陽
閃身進入了你蕭索的山莊
山雨滂沱的日子
校書
坐禪

飲一點點莊子的秋水
或隔著雨窗
看野煙在為南山結著髮辮
偶爾，悻悻然
回想當年為安祿山所執的
種種不甘
一天便這般瑣瑣碎碎地
或立，或坐，或擲筆而起
及至渡頭的落日
被船夫
一篙子送到對岸
院子的落葉一宿無話
晨起
負手踱蹀於終南山下
突然在溪水中

看到自己瘦成了一株青竹
風吹來
節節都在搖晃
節節都在堅持

我走向你
進入你最後一節為我預留的空白

觀仇英蘭亭圖

會稽山之陰
老丈三三兩兩
青衫儒者成群
鋪席，置飲具於一株水柳之下
或繞著蘭亭轉圈子
俛仰之間，吟哦不絕
飲一些些酒
賦一些些詩
放一些些浪於敗草般的形骸之外
時值暮春

老者人手一杖，寬衣大袖
似乎仍抵不住滿山的風寒
鬚眉儼然
歷百代仍看不出
身為過客的那種悽惶
只是臉色泛黃亦如紙色
我戴起老花眼鏡趨前細看
酒杯空了
詩稿灰了
而形骸早已輪迴為山
　　投胎為水

形而上的遊戲

一把骰子擲下去
飛旋著
一個驚怖的漩渦
眾神靜默

五指驟張
開始冒汗
天地
玄黃
在碗中

滴
溜
溜
地，飛旋
銀河系的黑洞中
遙遙傳來星群失足時的
驚呼

那凹形的側面
滾動著
或然率叮噹作響
動，是無限生機
是存在的諸多樣式
是一次又一次的輪迴
一次又一次

連滾帶爬的
悲愴的旅程

五指未張開之前
眾神靜默
當所有寺院的鐘聲
次第響起
掌中盈握的宇宙
逐漸縮小為
一卵
一石
一方方的
滾動的未知
誰也無從預測
輸掉的

是昨日的滄海
　明日的桑田
抑或億萬年來看盡白雲蒼狗
蒼狗白雲的天空
五指
未張開之前
是掌底大風暴
是生死大對決
或只是一場形而上的遊戲
一本錯字連篇的經書
信也不是
不信也不是

撒手
擲下去了

飛旋著
一個誘人深入的漩渦
軟體以及硬體
分析以及推理
易經以及紫微斗數
皆無助於預知
我們一生將如何被安排——
安排於何處登舟
何處上岸
更無從辨識
那深紅的點子
是傷疤？抑或胎記？
隨便一擲
便滴溜溜地
滾回了太初

宇宙
洪洪荒荒
在煙霧迷濛中
眾神靜默
俯視著
一個驚怖的漩渦

向日葵

太陽俯身
對一株小小的向日葵說：
我給你光
給你體血
給你豐實的
孕育後嗣的子宮
給你穩穩擎起一天湛藍的膂力
因而你報我以
千年的仰望

向日葵的頭
轉了三百六十度
又反轉了三百六十度
之後問道：
太陽，你在哪裡？

白色墓園

白的　　　　　一排排石灰質的
白的　　　　　臉，怔怔地望著
白的　　　　　一排排石灰質的臉
白的　　　　　乾乾淨淨的午後
白的　　　　　一群野雀掠空而過
白的　　　　　　天地忽焉蒼涼
白的　　　　　碑上的名字，以及
白的　　　　　無言而騷動的墓草
白的　　　　　　岑寂一如佈雷的灘頭
白的　　　　　十字架的臂次第伸向遠方

白的　　　　　　　　遠方逐漸消失的輓歌
白的　　　　　　　　　墓旁散落著花瓣
白的　　玫瑰枯萎之後才想起被捧著的日子
白的　　　　　　　　馬尼拉海灣的日子
白的　　　　　　　　依然維持彌留時的
白的　　　　　體溫。一萬七千個異國亡魂
白的　　　　　　　依然維持出擊時的隊形
白的　　　　　　　　　數過來，數過去
白的　　　　　　　　依然只是，一排排
白的　　　　　　　　一排排石灰質的臉

地層下的呼吸　　　　　　　　　　白的
沉沉如砲聲起伏　　　　　　　　　白的
這裡有從雪中釋出的冷肅　　　　　白的
不需鴿子作證的安詳　　　　　　　白的

一種非後設的親密關係　　　　白的
存在於輕機槍與達達主義之間　白的
月光與母親之間　　　　　　　白的
水壺和乾涸的魂魄　　　　　　白的
鋼盔和鳶尾花　　　　　　　　白的
聖經和三個月未洗的腳　　　　白的
嚴肅的以及卑微的　　　　　　白的
在此都已曖昧如風　　　　　　白的
如風中揚起的　　　　　　　　白的
一襲灰衣。有人清醒地　　　　白的
從南方數起，一小撮一小撮　　白的
有磷質而無名字的灰燼　　　　白的
散佈於諸多戰史中的　　　　　白的
小小句點　　　　　　　　　　白的

死與達達　　　　　　　　　白的
都是不容爭辯的　　　　　　白的

後記：

一九八七年二月一日起，我與八位臺灣現代詩人，應菲華文藝社團之邀訪問馬尼拉七天。二月四日下午參觀美堅利堡美軍公墓；抵達墓園時，只見滿山遍植十字架，泛眼一片白色，印象極為深刻，故本詩乃採用此特殊形式，以表達當時的強烈感受。

本詩分為兩節，寫法各有不同，第一節以表現墓園之實際景物為主，著重靜態氣氛的經營，第二節則以表達對戰爭與死亡之體悟為主，著重內心活動的知性探索，而兩節上下「白的」二字的安排，不僅具有繪畫性，同時也是語法，與詩本身為一體，可與上下詩行連讀。

石榴

我觀大地，如掌中
觀安摩樂果

——阿難尊者

我懷抱一顆石榴
如懷抱大地
而石榴如是之嫣紅
而大地如是之蒼白
剖開它，只見
內部暗藏著

一格一格
晶瑩的淚

我吃著
一粒一粒的
酸酸甜甜的石榴子
如吃
大地乾癟的奶頭

天葬

一群兀鷹
穿過羊卓雍湖升起的濃霧
斂翅
俯
衝
而
下
亂啄聲中
他聽見自己的頭蓋骨
隱隱發出銅音

糾結的愁腸
拉出來竟是一條條
剝皮的草蛇
（生前未曾想到他的構成如此複雜，且饒形而上的意味）

沾血的鎚子
帶著嘯聲連續下擊
群星一陣顫抖
嵌在岩石上的那張臉
將碎未碎之間
露齒，彷彿一笑
晦澀亦如峰頂的殘雪
毛髮在風中
骨頭渣子
簌簌向山谷濺落

十個指頭
分別指向十個方位
唯一發光的是
滾入草叢中的
那顆蛀牙

砍，剁，切，削，捶
鐵器錚錚，試以各種方式解說
新解構主義的獨門手法
無所謂筋絡，無所謂肌理
一陣披風刀法
將骨髓中的骨髓
皮囊外的皮囊
碎裂成雨，成霧
最後淡作一幅巨大的空白

此生一路驚疑四伏
多死幾次不見得就能如何如何
下次投胎的問題
下次再說

儀式後繼之以風雪
風雪後繼之以沉寂
山中無墓無碑
無名無姓正所以天長地久
說到悲哀
已是昨日懸在天際的
下弦月
好遠好遠
亦如飽餐後
揚翅而去的兀鷹

後記：

天葬，為西藏拉薩一帶之奇風異俗，人死後先在家中停屍三天，然後由親人抬至山頂的天葬臺，俟喇嘛作完法事，親人即用刀子、鑿子、鎚子等將屍體割裂搗碎，且任由群鷹爭相啄食，直至屍骨無存，葬儀始告完成。此一奇俗之真義為何，不得而知，想必與一般火葬、海葬大致相同，無非是土歸土，灰歸灰，人來自自然，最後又化為自然，其莊嚴性不言可喻。以往僅聞西藏天葬之名，無緣得窺真相，近接獲旅美友人許以祺兄寄來天葬臺照片一張，驟看印象極為深刻，感而成詩。

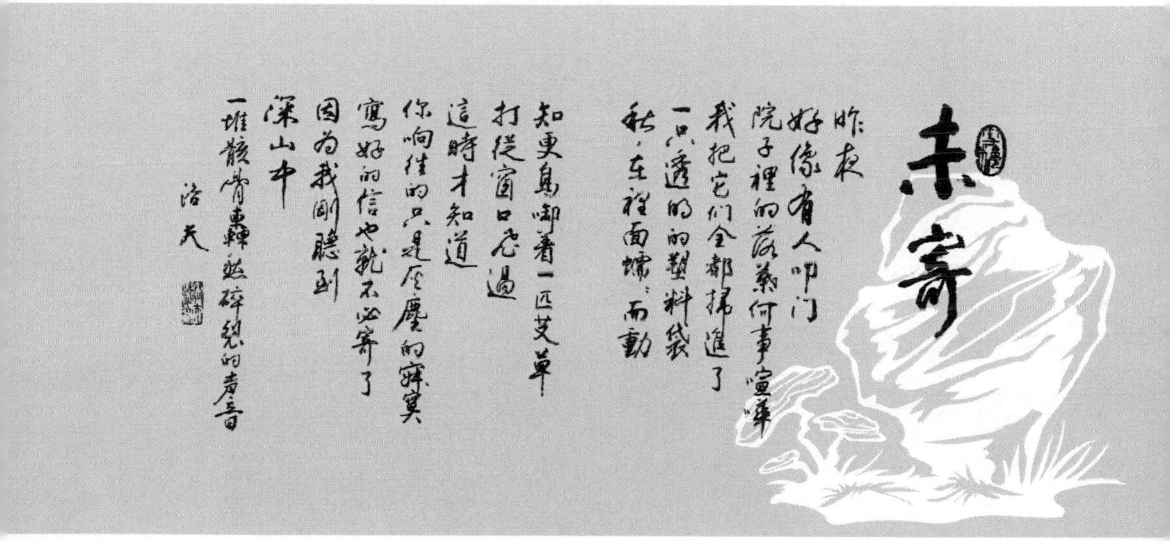
未寄
昨夜
好像有人叩門
院子裡的落葉何事喧嘩
我把它們全都掃進了
一只透明的塑料袋
秋，在裡面蠕蠕而動
知更鳥啣着一匹艾草
打從窗口飛過
這時才知道
你嚮往的只是那麼的寂寞
寫好的信也就不必寄了
因為我剛聽到
深山中
一堆骸骨轟然碎裂的聲音
洛夫

譬如朝露

時間，一條青蛇似的
穿過我那
玻璃鑲成的肉身
背後
響起一陣碎裂之聲

譬如朝露
一滴，安靜地
懸在枯葉上

不聞哭聲的淚

SARS不幸撞到禪

陣陣陰風從背後吹來
乾咳亦如毒咒四處飛揚
38°高燒也化不了用冰塊築成的夢
某些窗口的燈火突然熄滅
SARS把全城的笑聲
都掃進了一口深不可測的黑井

菩提樹下趺坐一位斂眉的老僧
他把生死的玄奧
深深藏在那件破衲的皺褶中

經卷無言，鐘磬無聲
只見落花紛紛而墜
讓位給枝頭青澀的果子

ＳＡＲＳ一路行來好不威風
暗藏的殺機，不幸與
含笑從一面鏡中走出的禪機狹道相逢
毒死你，毒死你，毒死你，ＳＡＲＳ咆哮著
老和尚用手指輕按著嘴唇
去去去，別把死者吵醒

後記：

二〇〇六年五月十日，我的「禪詩書藝展」開始在台北天使美術館展出，原擬返台親自主持，但不幸世紀病毒ＳＡＲＳ肆虐，橫行無忌，我即使回到台北，而隔離期間也無法參加活動，只好望空遙祝這次展出成功，並為開幕酒會獻上這首詩。據聞在開幕式現場將有一群詩人戴上口罩朗誦禪詩。正是，我們不幸遇到ＳＡＲＳ，而ＳＡＲＳ這個殺手卻不幸撞到了禪，以靜制動，以禪機化解殺機，又何嘗不是解毒劑發明之前的一帖良方。

無聲（禪詩十帖）

花落無聲

大麗花
開在後院裡
月亮翻過籬笆時
順手帶走一絲春天殘餘的香氣

葉落無聲

梧桐
被煙纏得面紅耳赤

一陣秋風把它們拉開
落葉滿階

月落無聲

從樓上窗口傾盆而下的
除了二小姐淡淡的胭脂味
還有
半盆寂寞的月光

雪落無聲

一行腳印……
冷清的寺院外
雪

落在老和尚的光頭上
化得好慢

日落無聲

夕陽
在髹漆著一座銅像的臉
廣場無言
夜色
把他的臉抹得更黑

果落無聲

從一個不可預測的高度掉下來
停止在
另一個不可預測的半空

然後噗的一聲
秋，在牛頓的脊樑上
狠狠搥了一拳

潮落無聲

午夜的潮聲
最好從很遠的地方聽
太近了

你聽見的只是腳趾頭內部
關節炎的呻吟

劍落無聲

一陣寒氣吹過
劍已入鞘
飛濺的血水
早已在空中風乾

夢落無聲

清晨
夢，一個個從鏡子裡逃了出來

事後發現
最深的一層
還藏有
一幅蒼茫的臉

淚落無聲

千年前的一滴淚
掉在一本線裝書上
合攏書
仍可聽到夾在某一章節中的
時間的暗泣

大悲咒

我有三條魚，一條給你，一條給他，一條留給自己。我有三把刀，一刀砍下魚頭，一刀砍下魚尾，另一刀砍在我自己身上，帶血的鱗片紛紛而落。在四月，桃花也是帶血的鱗片，帶血的飄泊。風雨中，野渡無人舟自轉，滴溜溜地轉，轉出一個極大的漩渦，站在漩渦邊上往下看，一口好深好深的黑井，裡面藏有三個人，分食一條魚：第一個吃掉了魚鰭，發現自己少了一隻手，第二個吃掉了魚尾，發現自己少了一條腿，第三個吃掉了魚頭，發現自己的頭早已不見。五蘊皆空，大圓滿，大喜悅，大慧覺。我非我，無所有，非想非非想，月落無聲，雪落無聲，我在萬物寂滅中找到了我。我手捧桃花，我啃著魚頭，我笑，滿樹的桃花都在笑，我笑，海裏的魚都在笑，有的在牙縫裡笑，有的在胃酸中笑。妄念未寂，塵境未空，嘴裡的魚骨吐掉還是留在喉嚨裡？吐掉我便一無所有，那就留在喉嚨裡，像一切惡業留在肉身中。大悲大悲，魚骨，血，桃花，是色亦是空。酒是黃昏時回家的一條小路，醒後通向何處？女體把柳條繾綣成煙，把桃樹纏綿成霧，煙消霧散卻忘了歸途。錢財可以買到這個世界，也連帶買了它的悲情。木魚敲破仍是木魚，鐘磬撞破仍是鐘磬，破碎的心還是心嗎？福報只是深山中像暮靄一般逐漸消失的回聲，起不以生，滅不以盡，塵世畢竟是可愛的，石頭之寶貴全在於它的孤獨，一塊，兩塊，三塊，好多好多塊，都橫梗在世人的心中而形成了一個大寂滅。佛言呵棄愛念，滅絕慾火，而我，魚還是要吃的，桃花還是要戀的。我的佛是存有而非虛空，我的涅槃像一朵從萬斛污泥中升起的荷花，是慾，也是禪，有多少慾便有多少禪。覺觀亂心，如風動水，但涅槃不是我最後的一站，人生沒有終站，只有旅程，大悲大悲，一路都是污血，骸骨，身上爬滿了蛇蠍，蝨子。活著一塊肉，有機物加碳水化合物，死後一堆蛆，雖然不值一顧，而煩惱不來也不去，慾念不即也不離，如要涅槃，多尋煩惱，用舌舔乾污血，吞食骸骨，蛇蠍與蝨子就讓牠們留在身上，與蛆同居一室，共同鑽營，把我們掏空，一無所有。大悲大悲。

後記：

大悲咒，佛教為消災袪難而誦持的咒語，原名「千手千眼無礙大悲心陀羅尼」，共八十四句，係梵文之音譯。該咒有音無義，有字無解，我想也許原文本身就無意義，也不需要意義，意義反而形成智障。宗教乃大眾形上學，只要你信，不需你知，故我大膽假設，大悲咒之有音無義，原本就是為了適於文盲的眾生修持而作，但我深信，不同的人唸這篇咒語時必有不同的感應，而產生不同的意義。以上是根據我個人的感應而以意象語寫成這篇釋文，至於它是咒還是詩，那就看你從那個角度去體驗。

蒼蠅

一隻蒼蠅
繞室亂飛
偶爾停在壁鐘的某個數字上
時間在走
牠不走
牠是時間以外的東西
最難抓住的東西
我躡足追去，牠又飛了
棲息在一面白色的粉牆上
搓搓手，搓搓腳

警戒的複眼，近乎深藍
睥睨我這虛幻的存在
揚起掌
我悄悄向牠逼近
搓搓手，搓搓腳
牠肯定渴望一杯下午茶
牠的呼吸
深深牽引著宇宙的呼吸
搓搓手，搓……
我冷不防猛力拍了下去
嗡的一聲
又從指縫間飛走了
而，牆上我那碎裂沾血的影子
急速滑落

夜宿寒山寺

晚鐘敲過了
月亮落在
楓橋荒涼的夢裡
我把船泊在
唐詩中那個煙雨朦朧的埠頭
夜半了
我在寺鐘懶散的回聲中
上了床，懷中
抱著一塊石頭呼呼入睡
石頭裡藏有一把火

鼾聲中冒出燒烤的焦味
當時我實在難以理解
抱著一塊石頭又如何完成涅槃的程序
色與空
不是選擇題又是什麼
於是翻過身子
開始想一些悲苦的事
石頭以外的事
清晨，和尚在打掃院子
木魚奪奪聲裡
石頭漸漸溶化
我抹去一臉的淚水
天，就這麼亮了

後記：

二〇〇四年金秋江南之旅，我曾有緣與詩人李岱松夜宿蘇州寒山寺三晚，並為該寺佛學院之僧人講禪詩。詩中所謂「石頭」，乃我個人的隱喻，暗指人潛意識中的慾念。

燈火（秦淮河詩抄之一）

在我實際的經驗裡
秦淮只有九里
另外一里
早已成為歷史的淺灘
船，是划不過去了
便泊在
笙歌初起的黃昏
前面是朱雀橋
仍隱隱聽到
劉禹錫把橋畔一季的野花

吟成了永恆的夕陽
河的左岸亮起一盞燈
右岸亮起了更多的燈
酒已夠了
我將在水聲中睡去
就讓我
靜靜地
踡伏於你那
暖暖的燈火深處

鞦韆仍在晃蕩

人散了
鞦韆仍在晃蕩
夕陽仍在晃蕩
那女子的髮
仍在晃蕩
直到
把月光
扔到了樹梢

秋之存在

秋，乃一美好之存在
果之存在
牛糞蟲之存在
月光與含羞草之存在
荒野裡
一聲長長悲啼之存在
樹葉之存在
不，我說錯了
乃樹葉之不存在

雲是橡皮擦
秋空下
我卑微如一粉末之存在
是誰在堅守秋的領地
一叢薰衣草和
蛇衣之存在
實際上是
一種非抒情之存在

遠方

遠方
在鏡子的深處
在天空
那更遠的地方
其中折射出的容顏
比歷史更加蒼白
夢，繁殖著
陰毛般的寂寞
此生
匆匆而不草率

我認真地
以淚
趁熱擦拭那面鏡子
且墓碑般佇立在
遠方，在那
陣陣嗩吶吹起的
秋意中

在遠方
在鏡與灰塵之間
誰能搶救那副臉的蒼白？
你說
抹去就好
抹去了蒼白也就抹去了歷史
我便如一片枯葉

輕輕滑入
純粹的時間
或稱之為永恆
那種令人感到很悶的東西
而無常
總是在一堆碎玻璃中
找到它的前身
——那千萬個
　　慘遭裂變的自己

在遠方
我確已看到
鏡中的那幅臉
在一口井裡
自在地漂浮著

然後
快速地沉落下去
且溶解於
那深不可測的黑中

苦瓜九行

當年，一隻迷路的耗子
闖進了
盛滿夕陽的籮筐
藤架上
懸著一條滿臉滄桑的苦瓜
母親伸手去摘
又縮了回去
留著吧
苦，也是一種紀念

殺魚

他舉起刀而我舉起筆
我揮毫
他殺魚
便見血水
從古舊的碑帖中流出
而腥味
則如東晉人士的騷味
他再一刀
我再一筆
刀刀見骨

筆筆如刃
當魚的光潔腹肌在砧板上爆裂
一輪皓月
正從被我戳破的宣紙洞中升起
他說
殺魚不是悲劇
可我也沒說
寫字與菩提有啥關係
我寫王羲之之嗔
　顏真卿之怒
　懷素之狂
　柳公權之妄
他殺孔丘之迂
　莊周之幻
　項羽之愚

李白之癡
我寫五蘊皆空
他殺受想行識
值得想一想
而遺忘仍是上策
他的魚殺好了
我的字也寫完了
那便各自回房吧

慢
左下角還差兩顆印章咋辦
他順手
抓起兩只魚眼按了下去

懸棺

路人抬頭仰望
猜疑
沿著髮根節節上升
暗忖：蟻螻的穴處
通常築在有水的地方
那麼高也許只有
炊煙
和死亡夠得著
易於上天堂？
也算是一種說法

骨骼散了架
其實哪裡也去不了
他在風中
飄浮著
生前穿幾號鞋子
怎麼也想不起來

請入土為安吧
他偏不
就讓自己
問號那樣虛懸著

終歸無答

他習慣在沙灘上寫信
有些話被夕陽帶走
有些話被潮水沖走
寄居蟹路過時
又草草地
添了兩句

一只空罐頭
獨自唱了一下午
天地悠悠

水姓什麼？
海，沉下去又躍了起來
終歸無答
它再次沉了下去

頓悟

慧能玩膩了鐘磬木魚
於是轉過身子面壁
以頭
撞牆

冬。
冬。
冬。
終於撞醒了春天
裂開的禿頭上

一朵妖嬈的玫瑰
含笑而出

臨流

站在河邊看流水的我
乃是非我

被流水切斷
被荇藻絞殺
被魚群吞食
而後又從嘴裡吐出的
一粒粒泡沫
才是真我

我定位於
被質疑的那一頃刻

洛夫

背向大海

——夜宿和南寺

一襲寬大而空寂的袈裟
高高揚起
把整個和南寺罩住
在不太遠的前方
大面積的海，奮不顧身地
向灰瓦色的天空傾斜
木魚喋喋，鐘聲
夾雜著潮音破空而來
似乎看到大街上
許多張猛然回首的臉

面向大海
殘陽把我的背脊
髹漆成一座山的陰影
眼，耳，鼻，舌，髮膚，雙手雙腳
以及所謂的受想行識
全都沒了
消滅於一陣陣深藍色的濤聲
我之不存在
正因為我已存在過了
我單調得如一滴水
卻又深知體內某處藏有一個海
而當我別過臉去
背向大海
這才發現全身濕透的我
正從芒刺般的鐘聲中走出

一個碩大的身影
倉皇上了岸
身後傳來千百隻海龜爬行的沙沙聲
緊跟著的是
一滴好大的
藍色的淚
回頭我一把抓住落日說
我好想和你一塊兒下沉

夕陽餘溫猶在
岩石猶在
岩石內部深處的火焰與灰燼
俱在。沙灘上
那雙芒鞋猶在
ㄔㄒ，ㄔㄒ，ㄔㄒ，ㄔㄒ，……

直到無盡的天涯直到
走出自己的影子
第一個腳印
一種慾望
第二個腳印
一聲驚愕
第三個腳印
片刻緘默
第四個腳印
多少悔憾
第五個腳印
幾近遺忘
第六個腳印
一個在時間中走失的自己
遠方的鐘聲

再次從骨頭裡溢出
迴盪在
更遠更冷的
一盞深不可測的燈火裡
不知何時
發現岩石裡暗藏一卷經書
那是整個海也澆不熄的
智慧的火燄
倉促中醞釀著一種梵城的美
背向大海
我側耳傾聽
和南寺的木魚吐出沉鬱的泡沫
而背後的風景漸次開闊
季風拂過
掀起了大海滿臉的皺紋

我把自己躺平在一塊巨岩上
然後從胸口掏出
大把大把的藍
塗抹天空
我和魚群
除了一身鱗
便再也沒有什麼可剃度的了
而憂鬱則是第三樂章最後的休止符
唉，世上竟有如此完美的接榫
我的頭
剛好緊緊頂住孤獨的尾
這是一種解構式的文本書寫
主要表達的是
海藍透了之後的絕望

背向大海
我剛別過臉去
落日便穿過沉沉的木魚聲
向一個聽不到回響的未來墜落
明天是幸福是災禍
怕連那塊突然站在我們面前的墓碑
也未必知曉。這且不說
重要的是
木魚會被敲破嗎？
木魚破了
是一種敲
不破也是一種敲
敲與不敲
反正都得破
破了不一定空了

而空又何須破
海空著
藍也跟著空
雲和霧一出生便是空的
夕陽是今天最後的空
我的眼睛
原是史前文化遺留下的
一座空空的塚
其中埋葬一個
無知卻是先知的海
一頭溫馴的獸

當我別過臉去，背向大海
我暗地窺伺它的平靜
卻又無動於衷它的蠢蠢欲動

有事沒事它都會對空叫嘯
要我今日追求光明明天擁抱寂寞
忽焉海面全黑
咋辨，水蜘蛛般我遲疑不前
卻又自以為內心明亮如燈
其實是星光在鏤刻我的透明
而海，只會使我想起擱淺的船以及
被月光摟抱得口乾舌燥的甲板與纜繩
沉臥水底的指南針，仍在
東
西
南
北
亂指一通
這時，微月初升

海的平靜見證了
暴風雨的荒誕，彩虹的虛幻
也見證了它自己成熟之前的叛逆
但海仍有其宿命，我有我的無奈
無奈之極於是我發現
一粒鹽開始在波濤中尋找
成為鹹之前的苦澀
存在先於本質
苦澀永遠先於一滴淚
淚
先於眼睛

背向大海
和南寺的鐘聲再度響起……

註：

和南寺坐落於台灣花蓮海濱，在孤寂中經營一種罕有的寧靜，詩人愚溪居士常年在此參佛，讀經，寫詩。二〇〇五年深秋我曾應他之邀在該寺小住數日，當時內心只感到無比的豐盈安詳，完成此詩時已是一年以後的事了。

灰的重量

一粒灰塵
有多重？
這得看擺在哪裡
擺在屠夫的刀上很重
擺在高僧的蒲團上則輕
至於不經意落在我的衣帽上
撣掉
就好了

荒涼也行

三個蒲團
說是三塊石頭也行
春來寸草不生
說是落髮後的荒涼也行

大殿裡的魚還真不少
可惜都是木頭木腦
一經水裡火裡
說是殘灰也行

晚鐘響了
山外飛來一隻歸鳥
說是老僧早年丟失的一只芒鞋
也行

雨

窗前
走過一隻濕淋淋的小獸

雨下著
院子裡一地落花
我一瓣也沒拈住

所以
不笑

即便拈住也無意笑
雨，仍下著……

鳥語

一張嘴
便是笑容滿面的舒伯特
顯然，牠們有了好心情
春是理由之一
所有的花朵
都瞇著眼，翹著唇，豎起耳朵
傾聽深山裡
雪的
脫胎換骨後放肆的笑聲

總之，牠們開懷地唱了
把柳枝上的新綠
醉得
搖搖晃晃

突然牠們全都啞了
怔怔地望著
一隻毛毛蟲
緩緩地爬進了花蕊

花香

有人從牆外走過
香氣撓得鼻子癢癢
打了一個噴嚏
匆匆而去

一朵小花
隔牆伸出頭來張望
喂，慢走
請記住門牌號碼

花事

前院的芙蓉花提前笑了
是不是有點青樓女子的媚態
妻問

這個問題……很抱歉
我已脫了衣衫
等洗完澡再說
等清除了體內那位弗洛伊德
再說

浴缸的熱氣一直往上升
及至
花
謝了

浮生四題

獨飲

對著牆上的影子舉杯
哪來的三人？
埋頭，咬一口雞肋
高高拋起的一粒花生米
宿命地掉在一堆菸灰中

李白去了長安
只好獨飲

獨行

月光真好
適於踽踽獨行
別以為一路緊跟著不棄不離的
是我的影子
不
是在胸中折騰了半天
始終找不到出口的
那句話

獨唱

「八千里路雲和月……」
我在浴缸裡抹了一身肥皂大聲唱著
接著一陣嘔吐
我把下面的歌詞
連同牙齒舌頭全都吞下
最後才吐出三個肥皂泡泡
空。
悲。
切。

獨釣

不論鮮魚活蝦
或是烏龜螃蟹
都請上鉤
我照單全收

舉竿一看
嘿！竟是一只爛鞋
張口
向我求救

四月之暮

夕照裡
一
群
雪
雁
銀練般嘩哩嘩啦
降落在學校的草坪上
順便
拽下了
一顆巨大的落日

（孩子們
剛投進一只籃球）

不久
牠們又嘻嘻哈哈地飛走了
帶起
一縷長長的孤煙
以及，我怔怔望著的
遠方

李樹開花

後院的李樹又懷孕了
一夜之間
嘩啦嘩啦
冒出了一樹白花

草地上
松鼠高興得
連翻三個跟斗
屋頂上老鴉哇哇大叫
賊眉賊眼地

偷想著
夏天那滿樹的纍纍果實
一肚囊的酸酸甜甜

早晨颳起一陣大風
於是，唉
我家的李樹
白
白
地，開了一夜的花

有涯

吾生也有涯，而知也無涯，
以有涯隨無涯，殆矣！
——莊子

天涯
你我不必追逐
那邊
肯定無人
無刀劍，無染血的戰衣
無孤魂

從狼煙中升起
只見遠處一隻鷹在盤旋
在思考
戰後該變成甚麼樣的鳥

無涯
也毋須煩惱
但無涯
我們怎樣上岸？
又如何把骸骨中唯一能發光的
磷
搬運回家

有涯
我就放心了

卸去了皮膚毛髮
我要辦一件大事，譬如
裸著，奔向不朽
讓一隻蟑螂，施施然
在前面帶路

習慣

習慣火的沉默
請讓我在灰燼中小睡片刻
眾神噤聲

習慣沾點酒在鏡面上寫字
字迹淡去
而酒氣卻從白髮間拂拂而出

習慣倚窗獨坐
日出，月落
我的思想已乾澀成一撮頭皮屑

習慣在雨天吹奏口琴
你可聽到從口水中釋出的哀怨？
還有那金屬的執拗

習慣於冷戰年代的驚慄
我經常夢見一群鴿子在菜單上踱步
烤爐中升起一股青煙，如刀

習慣於市場經濟的凶險
只要頭上頂著一張鈔票
不怕雨來不怕晴

習慣在雷聲中解讀明天
春終於有了消息
我想飛，但看到孔雀開屏的樣子就想笑

習慣聽到落葉的竊竊私語：
啊！這麼快又到了秋天
樹梢上的月亮默不作聲，群星窸窣

習慣於風的個性，雨的邏輯
恣意吹襲，沒有方向
貓有貓道，狗有狗道，可道非常道

習慣守望著一盞卑微的油燈
從那朵小小的冷焰中
我看到油盡燈熄後的一道霞光

等待報廢

我沒有更多的零件可以報廢

報廢與否
先得請示我的鏽
藏在內部某處餘溫尚存的
爐火，以及顱內
一個重要的開關

等等，有些事情得弄清楚
剛種植的兩扇門牙

正在成長，生機盎然
染髮縱使虛構了一段歷史
也不能誣我顛倒黑白
而，鏡前刮鬚
即便望文生義
你也不能把這一小撮的白
說成報廢之物

我思量報廢的意義，代價與後果
歲月悄悄地報廢了
如煙
煙也報廢
鞋子報廢
路，想當然也報了廢
書籍報廢

黃金屋立刻報廢了一大片
軍衣報廢
將軍與銅像隨之黯然報廢
最後，一把傲骨
鬆動，開始搖晃
正等待
一陣轟然的
報廢

非洲面具

牆上掛著
一幅木製的非洲面具
兩眼空空
從中傳出洞洞的戰鼓聲

而
就在沸騰的鼓聲中
牆上兩隻壁虎
安靜地
在交尾

終極之問

明月幾時有？
答案在蘇東坡的酒杯中
秋水還剩下幾滴？
等我的淚瓶裝滿了才會知道
寂寞由幾種顏色構成？
高山流水，春去秋來

做夢與做愛哪一種更真實？
弗洛伊德呵呵呵，笑而不語

人被閹割之後還會快樂嗎？
提前下車也是一種不錯的選擇

美國近或天國近？
據說第一批移民太空的是三個和尚

染髮拉皮能拉開與死亡的距離？
時間是生命中最大的獨裁者

一臉荒涼滿腹酸水所為何來？
我的心事如鐵鎖沉海，一去千噚

我們的祖先究竟是誰？
先是空氣，繼而是猴子，最後萎頓成一團爛泥

人之苦據說是由於原罪之深重？
我不知道，反正昨晚欠的酒錢已經還清

你可知道永恆在哪裡？
在蒼蠅與臭魚的對視中，在骨灰罈裡

什麼是佛祖西來之意？
無非是炒股票，購樓房，捉蒲團上的蝨子

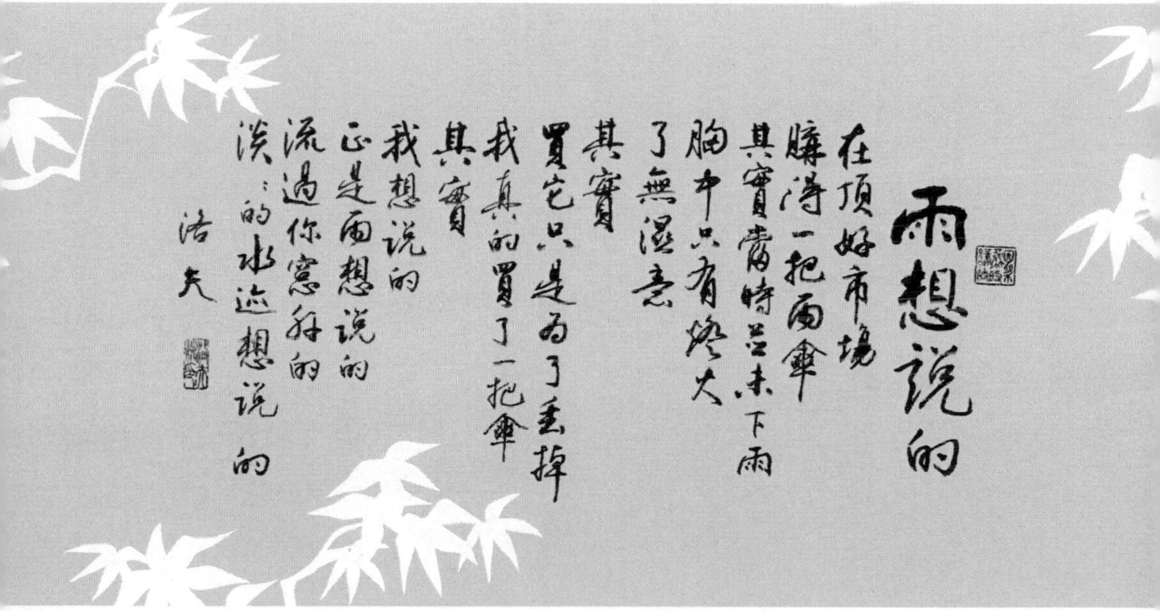
雨想說的
在頂好市場
購得一把雨傘
其實當時並未下雨
胸中只有燎火
了無濕意
其實
買它只是為了丟掉
我真的買了一把傘
其實
我想說的
正是雨想說的
流過你窗前的
淡淡的永遠想說的
洛夫

且說雨巷

我認識了戴詩人
也就理解了
雨和油紙傘的關係
油紙傘和巷子的關係
巷子和丁香姑娘的關係

雨和油紙傘和巷子和丁香姑娘
某種結構與解構的關係
一種鈣化的情緒的關係

而戴詩人和誰的關係最密切？
雨不知道
傘不知道
巷也不知道
姑娘只知道一點點
就那麼一點點
點點滴滴落在傘上落在巷子裡
落在詩人濕漉漉的
擦不乾的閒愁裏

註：戴詩人，戴望舒是也。〈雨巷〉即是他的名作。

荷塘月色

那一年
月亮落在清華大學的池塘
游魚爭著吻它
荷葉搶著擁抱它
水鳥用翅膀搔它的癢癢
唯秋風不懷好意
掠過水面
一把扯破了它的臉

那一年
朱自清沿著荷塘散步
突然一陣大風
把帽子和靈感一齊吹落水裡
他跳進池塘才想起
是打撈帽子
或打撈靈感？
最後，抱上岸的是
一身水淋淋的月光
他回家的第一件事是
熄燈
摸黑
寫了這麼一篇
荷塘月色

周莊舊事

一條
再簡單不過的烏篷船
搖過了石橋
搖過了黃昏
湧起一陣微瀾
好看，猶之
船娘含笑的魚尾紋

櫓聲
時而在左

時而在右
穿過了拱橋
便到了滿清末年
話說橋上
站著一個蓄辮子的男人
拱拱手
冷著臉的男人
我剛端起照相機
他卻側著身子
把背影交給了河水

水說
他在鏡子裡待得太久
便老了
老了又怎樣

他二話不說
隨著尚未涼透的夕陽
踉踉蹌蹌走進了河裡
一個漩渦
世紀便這樣結束了

鑰匙

一陣急雨滑過屋頂
有人敲門

開門一看
果然是你
你說昨夜在我房間丟了一枚鑰匙
一種專業性的，掘人陰私
有著特殊身份的鐵
狀若失魂落魄，你對我說：
從你眼中聞到了鏽味

而我的神
是一隻經年躲在口袋裡的
鑰匙。默默等待
那輕巧的一擰
我的房間打開了
便有神性的金屬味飄出
自我喉嚨深處

午後

叩，叩，叩
有人敲門

沒有上鎖

老了的波特萊爾請進
更老的李商隱請進
從不見老的暖暖夕陽
請進

我那浪迹天涯很久了的鞋子
也都進來吧

河蚌

一陣大浪
把幽閉的大門撞開
她把恨
連同一枚銅鑰匙
全都沉入江底
讓它們
同時生鏽

而熬成珍珠
乃出於一時之癡

只要是美的
賠上半生的痛
也值

望雪

雪，在遠處等著
我們只想保持一定的距離

它的冷
和我的冷
隔窗相擁
誰知
松枝上　又
簌簌跌落一團更大的
冷

寒夜洗腳

水深得很哩

提起雙腳
熱水盆裡冒出一朵小小的泡沫
對著犯睏的我
蓮一般笑著

閒愁

我不知道還欠這個世界甚麼

風也不放過
雨也不放過

端起酒杯
一陣心驚
這麼小小的空間
竟塞滿了那麼多心事

把泡沫
擠出盞外

斯人

酒瓶打翻了
捕鼠器忙了一夜
只夾住一小片寂寞
太陽遲遲從枕邊升起
一切又恢復了秩序

摸摸頭顱，還在
這次輪迴還沒有被輪換掉
於是，他把昨夜被耗子啃剩的時間
摺好
和明天要用的雨具，好好

收起，好好
存放在
專門收藏霉味的記憶裡
隔壁傳來的笑語
幾疑是章回小說裡的春花秋月
而夢中那幾幅好山好水
可惜呀，被陣陣的鼾聲揉碎

次晨，幸好又恢復了秩序
於是他開始
理性地梳洗，看報，如廁
非理性地
把壁鐘撥回到去年那個難忘的雨天
然後細數鏡子裡的魚尾紋

然後苦思
下一句該怎麼寫

我說老鴉

要麼你就下來
別老像一團黑雪
蹲在屋頂
那個除了上帝什麼也沒有的地方
在這個虛構的城市裡
我因你的聒噪而失語
因你的沉默而起戒心
你在高處
習慣了各種危險
睥睨的眼神亂轉

樹林跟著轉
天空跟著轉
我滿屋子的寂靜跟著轉
你請下來吧
白楊正向你伸出和善的手
承接你
如要降落在我的房間也行
但請稍待
容我把月光推出窗外
敞開胸懷
接納你
和你全部的黑

要麼你就飛走
我幾乎無法忍受

你那刺破層層濃霧
像刀子叫嘯而來的啼聲
你的聒噪有腐葉的味道
時間腥羶的味道
但由於冷傲
你的啼聲日漸消瘦
如我紙上的墨跡
逐日淡化為一種
好像不曾存在過的記憶
那你就飛走吧
別讓你的喧鬧
掩蓋了我心中
很久很久才響那麼一下的鐘聲
我也要走了
讓我們

如一根不斷後退的地平線
向遠方逸去
如雪
緩緩地化去

騷動

騷動
無關雀鳥聒噪
與落花流水也不相干
而是那些個語字，章句
昨晚一直在枕邊
平平仄仄地不斷興風作浪
早餐前，全都卡在喉嚨裡
以至無聲
這時，從窗口升起的太陽
合身撲向滿滿的書架

你可聽到
一群聖人初醒時連串的哈欠聲
書桌上墨池未乾
酒氣仍在
只見那位懷素和尚
脫光袈裟，張開四肢
醉臥在一張宣紙上
他的鼾聲
亦如他囂張的狂草
多年習慣了
也就不成其為騷動

與浣熊對視

不久，後院裡
果然來了一隻浣熊
瞪視我以近乎羞澀的目光
三月天，樹葉上沾滿了月光的腳印
在牠眼中，我充其量也只不過是牠
踩碎的月光，而牠
眼中的柔情使我心虛
我們之間的對視
多半是一種虛構的純粹
你想說甚麼？

你的來訪是史前文化中的一個隱喻？
是嗎？
而深林人不知明月
來相照又作何解釋？
那是遠古的變了味的鄉愁
牠輕蔑地答道

我幾乎動了怒
小心翼翼地躡足而前
靠近牠
我的鞋極其和善質樸且富於鄉上風格
我手中的照相機很冷靜
（多少有點虛情假意）
別動
咔嚓一聲之後你就此不朽

牠裝做沒有聽懂
故作謙虛地
把佔領的地盤讓出一吋
卻又迅速地跨前一步
讓，據說是一隻很甜的梨
而不讓，是被削得呼痛的皮
其實牠像時間
以一種善忘的本能
忽視我的存在
在牠眼中我發現一種
如星空閃爍的狡黠
牠的狀若無辜騙得我找不到北
遑論魏晉
我暗地咒牠是羅馬焚城中暴君的冷笑

牠反罵我是黃帝的餘孽
蚩尤戰敗後失落荒野的斷劍

罷了罷了諸事不遂
莫如這次的不期邂逅
何必彼此以歷史的污水澆頭
牠看似脾氣溫和
而目光之可疑使我想起
藏身聊齋中不動聲色的妖魅
牠竟無一眼神或暗示
來
肯定我
做為
一個詩人的
正當性

牠胸懷不平卻不言語
無聲，是牠血中之鐵
是牠骨髓裡的孤傲
眼中的慾火
生之貪婪
牠的無聲是一塊從來不曾快樂的鏽
也是灰塵
我被牠一身的
輕
所驚嚇
我羞赧而俯首
等我再抬起頭時
牠正啣著半枚被曙光吃剩的月亮
越牆而去

我的城市

在這個染上嚴重憂鬱症的城市
我寫了一首
大雨滂沱的詩

這個城市其實像泥鰍
不，更像一條
鹹過了頭的臘腸
有人住下
因喜歡某種怪味也就
賴著不走了

有人離去
順便帶走一身脂肪

更多的人
在大街上丟了魂
一隻野狗
無奈地望著那人而嘆曰：
連腿都沒有蹺起
便在牆角洒尿
驚愕與憂傷
從想像不到的地方
閃身而出

每天，廣場上
總有一夥鬼魂來報到

然後用手機喚來更多的鬼魂
在鴿糞與銅像之間，在
警車與半裸的
辣妹之間
他們選擇了一杯約翰走路
一邊燃燒一邊落淚
而那盛酒的杯子
就在最後一刻
正式
向虛無傾斜

唐人街叙事

一

落木蕭蕭
全都下在中山公園池中
一隻野鴨的夢裏
睡蓮躺在水中
似笑非笑
不知如何渡此荒涼歲月
這時，突見一位日本女子

嘩地
撐開一把洋傘
就這麼著
下午了

二

傘外
四月雨點肆無忌殫地飛濺
今年看櫻花的人不比去年老
卻比去年吵
雨歇了，人散了
走廊石欖上的鴿糞
把整個下午
塗上一層灰白的寂寞

就這麼著
黃昏了

三

高樓麻將喧嘩
夾雜著幾聲咳嗽
夕陽捲起滿街的櫻花
堵住了
中華會館油漆剝落的大門
年代久遠，話也就不多了
一陣風
吹亮了街燈
全城響起了刀杓鍋盆之聲
飯館開門了

最先奪門而出的是
一陣陣
潮州的鹹魚味
就這麼著
夜了

如此歲月

一

巷子裡
郵差推著一輛腳踏車
雨，在梳他的頭

誰的來信？
居然寄來一束白髮
我把鏡子

連同裡面那幅鐵青的臉
反扣在桌上
就這麼扣著
什麼也不讓發生

二

髮根裡藏著的靜電如要發出火花
據說需要一輩子的
摩擦
加上正負兩極緊密接觸時
冒出的一股煙

三

牛骨梳子
把上個世紀的頭皮屑
攏做一堆
思考性的
靈性的
與隱私性的
一些形而上的穢物
統統送進火葬場
化灰之後
也就不怎麼癢了

四

早晨
捏碎了一枚雞蛋
啪的一聲
震得兩臂生痛
滿掌的黏液
僅僅用一張
一次消耗性的日曆
無論如何
是擦不乾淨的

五

鼓破了
心跳仍在

弦斷了
歌聲仍在
舞台空了
掌聲仍在
房子塌了
寂寞仍在
茶涼了
沸騰仍在
船開了
風中的手絹仍在
嘴冷了
初吻仍在
啊，多麼致命的毒菌
幸好，遺忘仍在

六

裝在左口袋裡的一封退伍令
為何跑到了右口袋？
不得其解
鎖在抽屜裡一塊二兩重的勳章
為何第二天就成了半盎司的蟑螂屎？
不得其解

早餐時
煎蛋跑進了飢餓的眼睛裡
牛奶流進了乾癟的乳房裡
燒餅滾進了荒涼的落月裡
不得其解

我們被你理性地逼視了一百年
今天終於輪到我們以非理性逼視你
時間

七

蟬的沉默與戰爭無關
仗早就不打了
這個夏天牠把話都說完了
只是一些帶秋意的葉子
還有點牢騷

掌中之沙

生命猶如掌中之沙，還沒數清楚便漏得差不多了。

一把沙子
在掌心閑著
閑著而又動著
彼此緊緊挨著
而又一粒粒地相互推擠
搓著揉著，且繞著
一個巨大的磁場滾動
沿著細緻掌紋

滾著一種難以覺察的動
只滾動而不前進
從西風故壘滾到孤煙如刀
從倉皇的蹄聲滾到初醒的敦煌
從滄海的危機隱伏
滾到大地潸然淚下
從深山的一盞燈
滾到凡間的一個夢
它們互相碰撞，咀咒，相擁而泣
它們渴望一雙蚱蜢有力的腿
渴望風箏和它的天空
以及一只風平浪靜的枕頭

毋容多言，存在才是重要的
河知道，岸才是重要的

魚知道，水才是重要的
鳥知道，天空才是重要的
雲知道，被詩人比做衣裳才是重要的
雪知道，白才是重要的
路知道，鞋子才是重要的
臉知道，鏡子才是重要的
嘴知道，沉默才是重要的
但有時候
它們經常把存在的慾念
藏在不想遺忘而又
怎麼也忘不了的遺忘裡
於是不得不繼續滾動，加速地
滾動，加速地擠掉他人的存在
正因為不存在

大家便都心安理得地滾回到
各自的虛無裡

只滾動，不前進
也不後退

掌上的沙粒
沒有路，沒有遠方
它們害怕危巖與飛鳥
怕停滯不動，怕死亡
發生於骨骼與子彈的不期而遇
怕面孔與微笑的倉促解構
於是它們繼續滾動
滾動才是唯一的存在方式
一種抗拒絕望的方式
但就在左衝右突上下擠排

始終無法脫困的時刻
其中一粒
突然飛速地
逸出掌心
從手掌開始握緊的那一頃刻溜走
不見了，找不著了
它終於以不存在
抵銷了無常
拒絕了永恆

井邊物語

被一根長繩輕輕吊起的寒寒意
深不盈尺
而胯下咚咚之聲
似乎響自隔世的心跳
那位飲馬的漢子剛剛過去
繩子突然斷了
水桶砸了
月光碎了
井的曖昧身世
繡花鞋說了一半
青苔
說了另一半

二〇〇三年深春書於雪樓　洛夫

猴子

一隻猴子
被人套上了脖子
拉著走

（滿地的月光）

走一步
掉一粒玉米
走一步　掉
一

粒
玉米
及至
兩眼哭腫
（月光濕了
又乾了）

鏡

鏡子笑了
我從它破裂的嘴裡走出
它第二次又笑了
我趑趄不前，在玻璃柵欄前停住
鏡子哭了
我從它冰冷的淚中走出
走了一半淚就乾了
我從乾了的夢裡走出
這時我才明白
沒有一面鏡子甘願破裂

它堅持不破
我只好賴著不出來

豆芽

她乾乾淨淨地蹲在桶裡
她用胖
來解釋木器的包容性
胖不等於偉大，她說
胖只比偉大多了些脂肪
於是她不安地
在鍋子裡一再翻身
一再嘮叨著：
生命之輕，之輕，之輕……
最後成為一滴沒有骨頭的水

我在懸崖上遇到她
在她掉下之前

另一種顛覆

金庸顛覆了魯迅
魯迅顛覆了鎮上的阿Q
鞋子在十字路口遲疑不前
如何才能顛覆那堆後現代風格的馬糞？
那人在屋檐下嗽口
咕嚕咕嚕聲
顛覆了我早餐的胃口
麻雀下了幾只蛋便飛走了
而小小的蛋

什麼也不能顛覆
只好弄翻自己的巢

梅說

畫一株梅花
然後用木框
框住它

雪在外邊下
冷在框子裡
醞釀那麼一點點春意

枝幹橫斜
蓄勢想衝出去

且嘀咕：
我把香氣留給你們還不行嗎！

碗說

燒上一層藍釉的
一只碗
在博物館的角落
禪一樣蹲著
通常沉默無語
只偶而想起
乾隆龍袍裡一窩蝨子
便會發抖
努力不讓自己摔下來
努力維持一種優雅

價值就在這裡
摔也要摔得優雅
在展示櫥窗內
上半夜夢見帝國盛事下半夜
夢見粉身碎骨
考古學家喜歡它作夢
喜歡它夢裡的碎片
夢裡的前朝往事和傷痛
但碗渴望平靜
渴望完整
生怕
龍袍裡的蝨子鬧革命

髮

歲月，給它一個白的理由
風，給它一個亂的理由
詩，給它一個搔更短的理由
而我沒有任何理由
卻活得
又白
又亂
而且越來越短

雷鳴在遠方

雷鳴
在遠方
隱隱傳來
一陣莫名其妙的震怒

這跟我有啥關係

總得下點雨吧
我枯乾，我萎縮，手腳冰冷
蠹魚啃光了腹內的四書五經

我祈禱
別讓那些爛在經典裡的字
急於投胎
急於成為找不到家的
流言。或者烏鴉

我已一無所有
遠方的雷鳴
即便輕柔
如月光的呼吸
跟我啥關係也沒有

蛾與永恆

燈，其實和永恆毫無瓜葛
可是蛾子二話不說
一頭闖了進去

燈火突然熄了
天地黑了
大門關了
牠出不去了

我捨命投入火中
硬把牠拖了出來
至於那該死的永恆

就讓它留在
永恆的黑中吧

日曆

我們總共才三幅臉
昨天
今天
明天

撕下最後一幅茶便涼了
一切
積欠的都償還了
賺了的都賠光了

豐碩的都乾癟了
滿城的燈火都熄滅了

昨天已告涅槃
今天即將歸零
明天，明天的太陽照樣會從碑後升起
而我們的面具
仍戴在
寸草不生的臉上

午夜鼾聲

發動機開啟
妻的鼾聲飛身而起
繞著天花板轉了一大圈
又回到枕邊
我驚醒了
不久又做了一個
躲躲閃閃不大不小滑溜溜的夢
從棉被裡
抓出一條鯖魚，生猛得很
推開枕頭去上廁所

夢紛紛逃竄
掉了一地的鱗片

歲末

春天，就這樣
從野芹菜回家的那一刻開始了
土撥鼠
整整疑惑了一個冬天
終於探出頭
擱在
與雪同時融化的太陽裡

那一刻
總是有人趕著回家

（火車到站了，又倥傯倥傯而去）
我習慣迎風而上
一路
追趕
那層層被刮去的皮膚
那一刻，終於見到了母親
我伸臂抱去
一陣寒風
穿胸而過

禱辭

我已喫了你的魚和餅
請給我一支煙吧

我已戒了煙
請給我一點減肥藥吧

我已喫了半輩子的素了
請為我下半生宰幾頭羊吧

我為自己製作了一張沒有夢的床
請幫我遠離無明與恐怖

我把所有的債都清了
請告訴我色不是空又是甚麼

我早就不三呼萬歲了
別再讓我看到鈔票上老頭兒尷尬的笑

我的歲月已夠嶙嶙峋峋的了
請把鏡子裡的苦笑還給我

聖經，可蘭經，心經我都倒背如流了
請給我最後一塊紅燒肉吧！

唐詩解構

春望（杜甫）

該死的驛丞
三個月都不見一封家書
從淺淺的酒杯中
他用一根白髮釣起，啊，那歲月
額上的皺紋
成倍數增長

烽火起了
馬蹄響了
城池破了
春天來了

春天來了
薊草與野塚等高
城池破了
不幸的人擁雨聲入睡
馬蹄響了
一隻花瓶哀號一聲碎在大街上
烽火起了
長安的耗子正排著隊等待輪迴

安祿山打過來了
楊玉環在馬嵬坡睡著了
花朵躲在葉子後面暗泣
鳥兒嚇得打翻了窩
蛋，毫無疑問完了蛋

甚麼都不對勁
怔怔地，對著鏡子發愁
他舉起木簪，顫顫地
插呀插
插進了破鏡的裂縫

註：杜甫〈春望〉原作：「國破山河在，城春草木深。感時花濺淚，恨別鳥驚心。烽火連三月，家書抵萬金。白頭搔更短，渾欲不勝簪。」

楓橋夜泊（張繼）

到岸了
船緩緩駛入午夜的鐘聲

灰瓦的落月
灰瓦的楓橋
灰瓦的香客
灰瓦的半睡半醒的燈火

鐘聲
似乎是從唐肅宗那年傳來
啊，滿江的霜，在寒鴉
晦澀不明的啼聲中
船靠了碼頭

寒山寺的小和尚推開廟門
對著半夜來客
接連哈啾哈啾

註：張繼〈楓橋夜泊〉原作：「月落烏啼霜滿天，江楓漁火對愁眠；姑蘇城外寒山寺，夜半鐘聲到客船。」

江雪（柳宗元）

翻開詩集
噹地一聲掉下一把鑰匙
以一根絲繩繫著，想必是
用來探測江水的溫度

千山有鳥沒有翅膀
萬徑有人沒有足印
那垂釣的老者瞪我一眼
瞪什麼瞪
反正我胸中的那尾魚
決不准牠上你的鉤
至於江中的雪
在它凍僵之前
你要釣就釣吧

註：柳宗元〈江雪〉原作：「千山鳥飛絕，萬徑人蹤滅；孤舟蓑笠翁，獨釣寒江雪。」

尋隱者不遇（賈島）

比松樹更高的
是一個問號
比問號更費猜疑的
是童子懵懂時的囁嚅
誰知道師父去了哪裡？
採藥，未必
藥鋤還在門後閒著

雲裡霧裡
風裡雨裡
就是沒有猜到
他正大醉在
山中一位老友的酒壺裡

註：賈島〈尋隱者不遇〉原作：「松下問童子，言師採藥去；只在此山中，雲深不知處。」

錦瑟（李商隱）

重要的是你那毫無雜質的
癡
琴也好弦也好
你的曲子總教人想起三月的桃花
五月石榴內部的火焰
教人無悔地把前牛賣給你
然後又無怨地把今世贖回來
五十弦，豈僅僅代表
五十年華，五十又如何？

莊生迷亂中變成了粉蝶
（多高明的超現實手法）
月亮從大海中撈上一滴淚
是淚？還是寒玉的化身
在藍田中埋了千年
就等著
那惘然的追憶
如煙升起

註：李商隱〈錦瑟〉原作：「錦瑟無端五十弦，一柱一弦思華年。莊生曉夢迷蝴蝶，望帝春心託杜鵑。滄海月明珠有淚，藍田日暖玉生煙。此情可待成追憶，只是當時已惘然。」

登樂遊原（李商隱）

他靜靜地佇立在
夕陽
與黃昏之間

待月待醉待緊握怒拳待冷水澆頭
他心事重重

他揚眉，穿過一層薄霧
踟躕在
美
與死之間

註：李商隱〈登樂遊原〉原作：「向晚意不適，驅車登古原；夕陽無限好，只是近黃昏。」

登幽州台歌（陳子昂）

從高樓俯首下望
人來
人往
誰也沒有閒功夫哭泣

再看遠處
一層薄霧
漠漠城邦之外
寂寂無人

天長地久的雲
天長地久的阡陌

天長地久的遠方的濤聲
天長地久的宮殿外的夕陽

樓上的人
天長地久的一滴淚

註：陳子昂〈登幽州台歌〉原作：「前不見古人，後不見來者。念天地之悠悠，獨愴然而涕下。」

竹里館（王維）

獨自坐在竹林里當然只有一人
一個人真好

坐在夜裡
被月光洗淨的琴聲裡

他歌他嘯
長嘯
如鷹

這是他唯一的竹林
唯一的琴
唯一的月色
唯一的
儲存在竹節里的空無

註：王维〈竹里館〉原作：「獨坐幽篁裡，彈琴復長嘯。深林人不知，明月來相照。」

鳥鳴澗（王維）

剛拿起筆想寫點什麼
窗外的桂花香
把靈感全薰跑了
他閑閑地負手階前
這般夜色，還有一些些，一點點……

月亮從空山竄出
嚇得眾鳥撲翅驚飛
呱呱大叫
把春澗中的　靜
全都吵醒

而他仍在等待
靜靜地
等待，及至
月，悄悄降落在稿紙上
把光填滿每個空格

註：王維〈鳥鳴澗〉原作：「人閑桂花落，夜靜春山空。月出驚山鳥，時鳴春澗中。」

黃鶴樓送孟浩然之廣陵（李白）

檣帆遠去
帶走了黃鶴樓昨夜的酒意

還有你的柳絲
我的長亭
帶走了你孤寒的背影
還有滿船的
詩稿和離情

孤帆越行越遠，越小
及至
更小
只見一隻小小水鳥橫江飛去

再見，請多珍重
小心三月揚州的風雨
還有桃花

註：李白〈黃鶴樓送孟浩然之廣陵〉原作：「故人西辭黃鶴樓，煙花三月下揚州；孤帆遠影碧空盡，惟見長江天際流。」

下江陵（李白）

由白帝城傾瀉而下
他的輕舟
從千載讀者的心中
揚帆遠去
一夜便到了江陵

船行之速
嚇得兩岸的猴群
驚叫不已
他因獲釋不去夜郎而豪興大發
我因服多了暈船藥
而昏昏欲睡

註：李白〈下江陵〉原作：「朝辭白帝彩雲間，千里江陵一日還。兩岸猿聲啼不住，輕舟已過萬重山。」

宿建德江（孟浩然）

與月最近？
還是與水最近？
我把船泊在荒煙裡

與水近就是與月近
與月近就是與人近
而更近的是遠處的簫聲

我在船頭看月
月在水中看我
江上有人抱著一個愁字入睡

註：孟浩然〈宿建德江〉原作：「移舟泊煙渚，日暮客愁新。野曠天低樹，江清月近人。」

詩魔之禪

沈奇

上個世紀七十年代初（一九七四年），洛夫出版了他的代表性詩集《魔歌》，與其另一部重要詩集《石室之死亡》的前衛風格形成明顯對比，似乎誕生了另一個洛夫，一時備受詩界注視。多年後，詩人自己也談到：《魔歌》是他藝術生命和語言風格趨於成熟的一個轉折點（《洛夫訪談錄》，北京《詩探索》二〇〇二年一至二輯總第四五至四六輯），在《魔歌》裡，除〈長恨歌〉、〈巨石之變〉等名作外，引發人們特別關注的，是〈金龍禪寺〉、〈隨雨聲入山而不見雨〉等一些別具禪趣的小詩、短詩，由此得識，「詩魔」原來還有另一面風貌。實則詩人素有「禪心」。在洛夫這裡，「魔」即「禪」，「禪」即「魔」，「禪」「魔」互證，方是洛夫詩歌美學的核心。《魔歌》之後，整整三十年來，詩人一直「暗自／在胸中煮一鍋很前衛的莊子」（洛夫詩句），創作了不少「禪詩」之作，並最後指稱「詩與禪的結合，絕對是一種革命性的東方智慧。」（同上）讓閱讀界和研究者一直遺憾的是，洛夫的這些「禪詩」，多年來均散落於各種選本中，難得集約地全貌而觀。如今，詩人終於將其精選結集，單獨出版，既滿足了人們長久的閱讀期待，同時，又為近年漸次展露的現代禪思詩學研究，提供了一個典型個案，實在可喜可賀。

大陸詩學家陳仲義在其《扇性的展開——中國現代詩學讕論》一書中，將「禪思詩學」歸為「新古典」一路，高度肯定其為「打通『古典』與『現代』的奇妙出入口。」同時也不無憾意地指出：「（新詩）八十年來新禪詩實踐者寥寥，」「專司於此的詩人鳳毛麟角，」「一九一七年至一九四九年三十年間，大概只能找出廢名一人，」「而後才是入台的周夢蝶，」「再後是部分的洛夫和孔孚，」「從總體趨向看，現代禪思詩學明顯露出斷層與失衡」。對此，筆者也曾在〈口語、禪味與本土意識——展望二十一世紀中國詩歌〉一文中提出：「『現代禪詩』一路，我主要看重其易於接通漢語傳統和古典詩質的脈息，以此或可消解西方意識形態、語言形式和表現策略對現代漢詩的過度『殖民』，以求將現代意識與現代審美情趣有機地予以本土化。」並認定「現代禪詩由式微而轉倡行，恐只是遲早的事。」如今，「部分的洛夫」已越來越突顯出他在新禪詩一路的特殊價值和重要地位，而《洛夫禪詩》的出版，便也帶有了幾分既填補歷史「斷層」，又開啟未來發展的意義。尤其當此極言現代「光脊梁穿西服」而復生「文化鄉愁」的新世紀之初，回頭再全面領略洛夫的現代禪思之詩境，自會驀然驚喜，這裡確有另一番別開生面的天地。

由生命詩學而思考禪學，在洛夫而言，不是美麗的遁逸，而是「血的再版」，所謂借道而行，換一種方式觀照人生，審視世界。儒家的熱衷腸，禪家的平常心，在詩人這裡，乃一體兩面，相融相濟，相激相生，於互證中見別趣，且潛在的精神底蘊，仍是現代人的生存體驗與生命意識，只是別有通透，而非無所住心，是以稱之為「現代禪詩」。應該說，這是自新詩以降，有禪思詩學以來，洛夫有別於其他新禪詩的根本所在。這是一種「焚過的溫柔」（〈信〉），而「你是火的胎兒，在自燃中成長，」「你是傳說中的那半截蠟燭／另一半在灰燼之外」（〈灰燼之外〉）「葬我於雪，」隱我於禪，所隱所葬的，並非一個枯寂的空無，而是「一塊燒了千年／猶未化灰的火成岩」（〈葬我於雪〉）。反觀傳統禪思，追求的是「悟入」、「空出」、「不即不離，不住不著」，求解脫，得逍遙，有中生無，無慮而自性清淨，不但失卻人生應有的關切與擔當，且以弱化生命意識為代價，墮入寡情幽棲之個體心智的禪意遊戲。入詩，則唯禪是向，將其固化為一種知性網罩，失去本初的心理體驗和個在的審美追求，實則只是觀念形態的詩型詮釋，與真正的詩性生命意識相去甚遠，所謂「酸焰氣」即在於此。這種「酸焰」不換掉，憑你用怎樣現代的詩法去重新包裝，也難除其腐味，難消其隔膜。或許，這也正是新禪詩一路一直「式微」而「寥寥」的原因。洛夫於中年後之詩旅中近莊近禪，自有其獨在的出發點。一方面，係心理機制使然，即其卓然峭拔的人格精神和素直蕭散的人文心境的自然取向。「靜寂自內部生長／自你的骨頭硬得無聲之後」（〈石頭記〉），方

「裸著身子跌進火中／為你釀造／雪香十里」（〈白色之釀〉）。一方面，則主要是經由現代詩潮的淘洗之後，對富有「東方智慧」的古典詩美及漢詩本質的二度認領，以求「汲古潤今」，在現代性訴求與漢詩審美特性的發揚之間，尋求可能的、更具超越性與親和性的連結點。「我走向你／進入你最後一節為我預留的空白」（〈走向王維〉），這「空白」，正是那「革命性的東方智慧」，一朝為「我」所用，則頓開新宇。禪與現代詩，有隔處有不隔處，洛夫棲心於禪，看重的是禪道、詩道皆在「妙悟」。妙悟於思，因隱而示深；妙悟於言，由簡而致遠。以此助現代詩思，而非以詩心入禪道，洛夫得其所然。若仍拿上面的比喻來說，洛夫顯然是用傳統禪思之皮（「妙悟」之法之味）來包現代詩思之餡，這就從根本上棄絕了「酸腐氣」，所謂借道而行，同途殊歸，即在於此。

因此，讀洛夫禪詩，從來不覺有隔；意不隔，語不隔，味也不隔。（新禪詩中，有此三不隔者，確實「寥寥」。）意不隔，在於洛夫的禪思，是一種立足於現代之生命象境和存在維度中的游心於意，與性空為本、以禪為禪而弱化虛化生命詩意與生存追問的傳統禪道，有著本質上的不同。這種本於生命詩學的「禪化」，實則是對現代生命詩學的另一種「深化」或叫「澄化」。澄言以凝意，澄意以凝思；澄而不寂，靜而不虛，「課虛無以責有，叩寂寞而求音。」（陸機《文賦》）儘管如此「澄」下來，「體內體外都是一片蒼茫」（〈走向王維〉）卻有另一種目光和語感的生成，以此消解角色意識語言困擾，復以超然心態和本初自性涉世入詩，反而「對生命有著更全面的觀照，對歷史有著更強烈的敏感」了。（洛夫，〈如是晚境〉，臺灣爾雅版《雪落無聲》詩集代序）詩人浴火釀雪，雖「心中皎然」，但到了卻「心驚於／室外逐漸擴大的／白色的喧囂」（〈白色的喧囂〉）；詩人近禪愛秋，悟「秋，美就美在／淡淡的死亡」，卻又暗藏一句「天涼了，右手緊緊握住／口袋裡一把微溫的鑰匙」（〈秋之死〉）於達觀中見眷顧，挽留一縷人間煙火。一部《洛夫禪詩》，走筆處，時見灰燼、見蟬蛻、見泡沫、見雪見煙見蒼白，也同時見蠟燭、見飛鳥、見石頭、見火見光見紅潤。即或是較早的〈金龍禪寺〉之名詩中，詩人也有意讓那隻「灰蟬」，「把山中的燈火／一盞盞地／點燃」。而如〈剔牙〉、〈沙包刑場〉、〈西貢夜市〉以及〈清明〉一類詩作，更是直面現實之醜惡與荒誕，於冷眼中迸射針芒。只是「白」也好，「紅」也好，「靜」也好，「動」也好，在洛夫禪筆下，均不再是刻意的衝突或暴張的矛盾，只是以實言虛，以虛言實，於靜篤之語境中彌散悲憫之情懷、關切之深意，化曲思為直尋而「直致所得，以格自奇」（司圖空《與李生論詩書》）。如此由眼前物、日常事、當下境、平素心所生發的禪意詩語，又何隔之有？當然，作為一種語言藝術，其關鍵處，尚不在於你說的是什麼，怎樣說的，而在其說法是否有味道，尤其是你所操持的母語所特有的味道。味道隔，則一隔百隔；味道不隔，則其他的隔尚有化解的餘地。百年中國新詩，要說有問題，最大的問題就在於丟失了漢字與漢詩語言的某些根本特性，造成有意義而少意味，有詩形而乏詩性的缺憾，讀來讀去，比之古典詩歌，總覺少了那麼一點什麼味道，難以與民族心性通合。洛夫以禪助詩，最得益也是其最成功之處，正在於此——助之簡，助之淨，助之清明靈動，助之澄淡涵遠，助之素言淡語而得言外至味。素有「意象魔術師」之稱的「詩魔」，大有「水停而鑒」（劉勰語）、重覓漢詩本味的興頭，以素直之質為體，略施詭異之采，自常境中入，由奇意中出，於靜篤中見峭拔，於澄明裡生懸疑，淡語亦濃，樸語亦華，自然呈現，邀人共悟，一時盡得禪思之別趣，且現代，且鮮活，且有味——漢語的味，東方的味，我們中國人所鍾愛所珍惜所無法割捨的味。正是這種可信任而極富親和性的「味」，使詩愛者選擇《魔歌》為三十部「臺灣文學經典」之一，而非洛夫自認為「我詩集中最具原創性和思想高度的《石室之死亡》」，（《洛夫訪談錄》，同上）今天看來，也是順理成章的事了。

需要補充說明的是，洛夫深得漢詩語言本味的詩風，在詩人其他作品中，其實也早已水乳交融，只是在其禪詩中顯得特別明顯而已。那片被詩人自視為「最後一節為我預留的空白」，也確實在洛夫「進入之後」，不再「寥寥」，不再「失衡」，而煥發出新的異彩新的生機。現代禪詩由此而有了具有影響力與號召性的代表人物，也便由此奠定了它得以新的發展的基礎。每讀至洛夫〈走向王維〉結尾處那充滿自信的詩句，我總覺得，這不僅是詩人個人的自信，而是整個現代漢詩的自信——套用洛夫的語式來說：不但自信，而且還帶點驕傲！

二〇〇三年二月二十五日於西安

詩禪互動的審美效應

——論洛夫的禪詩

葉櫓

在人類文明史的發展進程中，詩歌與宗教之間似乎有著密不可分的聯繫。最早的「祭詩」之類，實際上形同「詩」與「教」的合一。因為都只是處在萌芽狀態，所以讚詩與巫語是一回事。後來的詩歌之所以獨成一支文化脈流，則是同它的「言志」與「緣情」的功能得到充分發揮分不開的。

從嚴格的意義上說，中國的文化傳統中缺少真正的宗教意識。雖然那種巫語式的裝神弄鬼並不鮮見，但是卻沒有真正的宗教意識與理論。所謂的「儒、道、釋」乃至三者合一的大雜燴，同真正的宗教意識已經相去甚遠了。中國歷史上有過「百家爭鳴」的時代，那都只是一「家」之言，而沒有形成統一的宗教意識。自從「罷黜百家，獨尊儒術」之後，「儒」也只是一種統治者的「術」，而不是那種全民信仰的宗教。所以，嚴格的說，中國是一個沒有宗教意識的國家。如果讓我說一句妄議的話，我倒是覺得一些人說的「詩是我的宗教」反而在某種程度上道出了一種文化現象的真理。以詩為「宗教」的詩人並不鮮見，在現代詩人中，洛夫應當是頗具代表性的。他一生筆耕不輟，寫詩數十年，如今年過八十而依然時有新作，說詩是他的「宗教信仰」，可以說是恰如其份的罷。

在洛夫的詩作中，被稱為「禪詩」的佔有相當重要的地位。他專門出過一本《洛夫禪詩》，而在其它一些詩集中的作品，具有禪意的詩篇也為數不少。我之所以把它專門作為一個題目來進行考察，是因為我覺得這不僅是一種詩歌現象，而且還蘊涵著若干與中國的文化傳統和中國人的人生選擇與處世姿態相關聯的豐富內容的。

所謂詩中的禪意，自然是同禪宗的教義有關的。禪宗其實是印度佛教傳入中國後被「改造」了的「詩化教義」。與其說它是一種宗教學說，倒不如說它是一種詩化哲理。唯其如此，它才更加體現了中國文化傳統勢力的強大以及中國人的智慧是何等的善於融化、吸收、改造異域文化而為我所用。

詩歌中的禪意其實表現和傳達的是一種人生姿態的選擇，而禪宗對佛教教義的「改造」，從根本上說就是把它的那些有關苦行的種種清規戒律轉化成一種處之泰然的自我解脫。既然要尋求自我解脫，就必須找到一種能夠使這種自我解脫獲得人們認可的道理。從表面上看，禪宗的「改造」佛學教義，並非從根本上推翻它，而只是標榜自己是「第一義」，其它宗派則為「別傳」。所謂「第一義」即是靠內心的神祕體驗而獲得的心領神會。有了這種心領神會，就會達到「拈花微笑」的境界。而禪詩的最大特色即在這種心領神會上面，它所表現的就是人對周圍世界的沉思遐想中獲得的頓悟性的啟迪。這種境界的一大特色就是所謂的詩境的靜與空。蘇軾在〈送參寥師〉一詩中有言：「欲令詩語妙，無厭空且靜；靜故了群動，空故納萬境」。可見這一靜一空的巨大的容涵境界是何等的具有藝術的魅力和張力。中國五四以後的詩人中，廢名即是沿這種詩思與詩路而前行的探求者之一。而到了洛夫，由於他在吸納西方超現實主義詩藝的基礎上進而「回眸」中國傳統文化的優秀基因，終於找到了一種熔中西優秀詩歌傳統於一爐的藝術表現方式，所以他的禪詩更體現出一種博大的容涵和精巧的技藝。

洛夫的詩，早年因志向高遠和詩思敏捷而常常把詩的題旨向高遠的目標延伸，關注社會的同時更著意於主觀精神的昂揚激憤，而在上世紀八十年代以後，他的詩作中屢屢呈現出一種沉穩淡定的心境，禪意因之而每每於有意無意之間盎然溢出。我在這裡想首先從他的那首〈談詩〉來展開我的話題。全詩如下：

你們問我什麼是詩
我把桃花說成夕陽

如果你們再問
到底詩是何物?
我突然感到一陣寒顫
居然有人
把我嘔出的血
說成了桃花

我們曾經在許多的理論典籍中讀到過無數的關於詩的定義的學說，但似乎沒有一種定義是能夠令人滿意的。而洛夫這短短的幾行詩，並不意在給詩下什麼定義，卻似乎說出了詩的許多奧義。根本原因在於，詩在本質上就是不可定義的，因為它是一種處於不斷變化中的精靈。它在可知和不可知之間不斷地變化著，充實著並豐富著，也因此而使它具有無限的魅力和魔力。洛夫的這首短詩，表現的恰恰就是這種詩的魅力和魔力。詩的話語方式恰恰就是「把桃花說成夕陽」，而當你再追問它「何以故」時，這種追問就變成了把詩人「嘔出的血／說成了桃花」了。讀到這種有點詭異和詭辯的文字時，我們的頭腦裡就不禁會浮現出諸如「莊周夢蝶」、「子非魚，安知魚之樂」一類的典故。因為這一類典故所表現出的思辯方式，恰恰是中國最古老的一種傳統的東方智慧的特色。為什麼佛教文化中那些清規戒律、苦行修煉的內容，到了中國會被「改造」成像「佛祖拈花，迦葉微笑」那樣的強調心領神會的頓悟式的修行，這不能不說是中國人的一種尋求自我解脫的智慧所致。而這種智慧的獲得，可以說是與中國人的根深柢固的生存姿態有關。孔子有一句眾所週知的話叫做「未知生，焉知死」，它所體現的是儒家的入世思維，即認定人活在世界上首先要改變和解決的是「生」的問題，而對「死」這種屬於彼岸世界的事情，則是不必給予過多的關注。可是佛家卻對「死」的問題非常關注，想得很多的是如何超度靈魂，為了這一目的而不惜在人世中苦行修煉以成正果。禪宗的要義恰恰是在這二者之間採取了調和與互為補充的人生姿態。所以他們有意無意地淡化了苦行修煉而著意於心靈的超脫，認定不實行那些苦行修煉同樣可以達到悟道而通向佛界。禪學之所以能夠日漸被詩人引入詩的領域，並且以詩的方式進入禪境，正是由於詩人對這種人生的生存姿態的認可。洛夫曾經以散文體「翻譯」過原名為「千手千眼無礙大悲心陀羅尼」的題名為〈大悲咒〉的詩，對「有意無義，有字無解」的原文作出他自己的詮釋。他有一段話說得非常之妙：「佛言呵棄愛念，滅絕慾火，而我，魚還是要吃的，桃花還是要戀的。我的佛是存有而非虛空，我的涅槃像一朵從萬斛污泥中升起的荷花，是慾，也是禪，有多少慾便有多少禪。」這一段話對於我們瞭解洛夫禪詩的內涵和外延都是具有重要意義的。

不妨還是回到〈談詩〉這首詩來闡述我的一些理解。為什麼「把桃花說成夕陽」是對詩性的領悟，而「把我嘔出的血說成桃花」就是對詩的褻瀆呢？這種意象之間的可轉換與不可轉換，實際上是體現了洛夫對詩性的一種靈動把握以及它的某些不可踰越的規則的執著態度。把桃花說成夕陽可以是一種給人以美感的意象聯想，而把詩人內心嘔出的鮮血當成桃花來欣賞，則是一種對神聖事物的凌辱。從深層次的意義上說，這恰恰是洛夫一貫的詩的信仰。他把詩視為宗教，而這種宗教又不是同社會現實與人生追求無關的「虛空」。從〈石室之死亡〉到〈漂木〉乃至〈背向大海〉，洛夫對人的生命意識同社會現實的變動之間所存在的那種隱祕的或不那麼隱祕的精神關聯，充分地體現了和表達了他嚴肅的人生姿態。他既視詩如同生命，又絕不把生命看成是一場「虛空」。他之所以寫下為數不少的禪詩，絕對不是為了逃避對人生意義的追問，而恰恰是為了在積極的逼視生命的同時尋求到一種詩意與詩性的精神境界。如果一旦有人把他嘔出的心血當作桃花來欣賞，他是必然會對這種褻瀆發出抗議的「顫抖」的。

我們在洛夫的禪詩中所讀出的「禪味」，「或許近乎一杯薄酒／一杯淡茶／或許更像一杯清水」，這是他在〈禪味〉一詩中夫子自道。他並且終結式地宣稱：

其實，那禪麼
經常赤裸裸地藏身在

我那只
滴水不存的
杯子的
空空裡

讀著這些詩句，我們便不能不心領神會地想起蘇軾的「空故納萬境」的妙語。正因為空，所以才能裝得下「萬境」，而我們也的確是在洛夫的詩中讀出了如萬花筒般的景觀。

單就洛夫的禪詩而言，它們所呈現的景觀其實是色彩繽紛的。在〈根〉這首由若干短章構成的詩中，「地殼日益陰冷／而我滿身是火」所構成的強烈對比中，我們不難窺視到詩人的內心與靈魂的呈現。而他的生存狀態則是：

我被灌以雪水
我毒藤一般被人曝曬，焚毀
我被濃烈的阿姆尼亞嗆得咳嗽
風雷動地，我以濘泥塞住耳朵

我怯於囂騷且拙於詛咒
卻無懼於那些胸懷刀子的人
因為我藏在深處

有人或許會認為這樣的詩句已經同「禪味」相去甚遠，其實，這正是洛夫的禪詩的一大特色。因為他已經說過：「我的佛是存有而非虛空，我的涅槃像一朵從萬斛污泥中升起的荷花，是慾，也是禪，有多少慾便有多少禪。」禪的本質其實是一種對人的生存狀態作出的超脫性反應，它是對社會現實與人的生存之間的關係一種超越式的理解和把握，而不是某些人所認定的那種逃避式的清高和虛空。把握住這一核心，我們才能夠進入洛夫禪詩的「萬境」。即如這首詩的結句：

我是最初的
我是最土的

看似大白話的句式，把「根」的「原初」和「土氣」表現得那麼質樸，那麼直接了當，其實仔細一想，還真是一種理想的生存狀態，這不正是一種最本真的回歸嗎？詩意和禪味被融化在最樸實的詩句中，不是詩與禪的最佳境界嗎？

如果我們只是從佛家的出世思想來觀察詩中的禪意，其實是對禪宗的一種誤解。禪宗之所以要化解那些清規戒律和苦行修煉對佛家子弟的精神束縛，其實就是想在出世與入世之間尋找到一種能夠安置靈魂的狹小空間。而生活在現代社會中的詩人，一方面是感受到諸多政治勢力的束縛和壓迫，另一方面又因為意識到作為追求精神自由的人面對這一切的無奈，所以就在詩中著意於禪的超脫境界的表達和表現，但是這種表達和表現又不可能是脫離人間煙火的，所以我們從洛夫的禪詩中不僅讀到了許多妙悟和頓悟的詩語，更能讀出他對現實和人生的強烈關注。只是他的這種強烈關注被化解成一些令人過眼難忘的或優美或冷雋的詩句，這些都可以說是構成洛夫禪詩的重要特色的標誌。

對歷史進程的探究及其對人類命運和生存狀態的影響，是貫串在像〈石室之死亡〉、〈漂木〉一類作品中的重要內涵。而這種關注也同樣表現在他的一些短小精練的禪詩之中。他寫過一首〈迴響〉：

怎麼也想不起來你是如何瘦的／瘦得如一句簫聲／試以雙手握你／你卻躲躲閃閃於
七孔之間
江邊，我猛然看到／自己那幅草色的臉／便吵著也要變成一株水仙／竟不管頭頂橫

過一行雁字／說些什麼
你一再問起：／「千年後我瘦成一聲淒厲的呼喚時／你將在何處？」
我仍在山中／仍靜立如千仞之崖／專門為你／製造淒涼的迴響

這就是典型的洛夫式的冷雋和優美。也許無須去為詩中的那些意象作出穿鑿式的詮釋，但人們一定可以從詩的總體印象中得出對它的心領神會和頓悟之思。我們所面對的詩境可以說是滿目蒼涼，但它給予人們的精神影響卻絕對稱得上是「靜立如千仞之崖」上的鷹的姿態。寫到這裡，我就不禁聯想到他的另一首「隱題詩」：〈危崖上蹲有一隻獨與天地精神往來的鷹〉。

洛夫還寫過一首〈雁塔〉，從這首詩中我們讀出的意味，是絕對地不同於楊煉的〈大雁塔〉或韓東的〈有關大雁塔〉的那些內涵的。他在「每層有每層不同的景色」以及諸如「風聲」、「空白」、「寂寞」中，感受到「雨夜的長安真好」，還看到了「酒館裡」那位打瞌睡的詩人。詩的結尾卻是：

這時，塔頂突然有了動靜
疑是玄奘的腳步聲

上去一看
原來是一行青苔
悄悄向窗外爬去

從「玄奘的腳步聲」到「悄悄向窗外爬去」的青苔，這是一種什麼樣的超驗感受，何等的機智與妙悟。歷史的蒼茫與禪思的智慧如此水乳交融地呈現在我們面前，以致任何理論闡述都顯得多餘和不得體。這就是一個傑出詩人的特色，是別人難以模仿難以企及的。

從〈雁塔〉的這種即興式的妙思頓悟中，我們可以聯繫到洛夫每當親近一些寺廟時，為什麼總會迸發出一種靈感的火花，如有神助似地寫下那些被人交口讚賞的詩篇。像〈夜登普門寺〉、〈金龍禪寺〉、〈夜宿寒山寺〉，乃至後來的〈背向大海〉，無一不是在寺廟的環境氛圍中醞釀孕育的詩篇。

禪與寺廟的關聯似乎註定了洛夫的這些詩擺脫不了靜與空的境界。我們在這些詩中讀到的「月光」，「燈火」，「石頭」，「鐘聲」等等，無一不透露著一種「靜故了群動，空故納萬境」的意味。洛夫在金龍禪寺所看到的「羊齒植物」「一路嚼了下去」和「灰蟬」點燃的一盞盞「燈火」，已經成為詩的經典意象；但是人們對他懷抱「石頭」夜宿寒山寺的「慾念」似乎還不甚了然。不妨讀一下他的這些詩行：

夜半了
我在寺鐘懶散的回聲中
上了床，懷中
抱著一塊石頭呼呼入睡
石頭裡藏有一把火
鼾聲中冒出燒烤的焦味
當時我實在難以理解
抱著一塊石頭又如何完成涅槃的程序

或許這是洛夫在這類詩中把自己的內心世界和慾念如此突現的一次嘗試。它分明是在呈現一種「身在曹營心在漢」的心態。人可以在寺廟中「上了床」，而懷抱裡的「石頭」卻依然「藏有一把火」。出世乎？入世乎？涅槃乎？人生處境之尷尬，生命過程的複雜與糾纏，其實是任何一個人都擺脫不了的宿命。即使「遁入空門」，也未必不被那一塊沉重的石頭裡的火所「燒烤」呢！

〈背向大海〉是一首長達百行以上的詩篇，它的格局似乎很難同頓悟之類的禪意相吻合。然而洛夫在這首長詩中卻以驚人的氣魄洋洋灑灑地寫下了他對人生對歷史的感悟和思緒。談感悟似乎同禪意尚且吻合，講思緒則難避故作姿態之嫌。但是我要說，洛夫之所以是洛夫，就是因為他具備這種劍走偏鋒的能力和膽識。「背向大海」的意象所勾勒出的是一個沉重的背影。當「許多張猛然回首的臉／面向大海」時，洛夫則處於「殘陽把我的背脊／髹漆成一座山的陰影」的生存姿態裡。他的這一次相背而立的姿態，意味著他的頭腦裡正翻騰著如大海一般的波濤。在背後「一陣陣深藍色的濤聲」裡：

我之不存在
正因為我已存在過了
我單調得如一滴水
卻又深知體內某處藏有一個海

這就是洛夫的生存悖論式的對自己自身生命的逼視。〈漂木〉中的那一塊木頭，如今以背向大海的姿態在佇立沉思了。他在回顧人生的道路還是在沉思歷史沉重的步伐？也許是兩者兼而有之罷。

沿著這樣的思路，洛夫以他的詩筆逐一展現那「無限的天涯」中「自己的影子」。當「腳印」中的「欲望」、「驚愕」、「緘默」、「悔撼」、「遺忘」乃至「走失的自己」紛紛亮相時，他似乎處在一種迷失自我的狀態之中。這大概就是他所說的「我之不存在」和「我已存在過了」之間的那種狀態。想同「落日」「一塊兒下沉」的願望產生的同時，又一次感到了「遠方的鐘聲／再次從骨頭裡溢出」。於是他在「更遠更冷的／一盞深不可測的燈火裡」：

發現岩石裡暗藏一卷經書
那是整個海也澆不熄的
智慧的火焰
倉促中醞釀著一種焚城的美

熟知洛夫詩歌的人一定知道，他始終是一個在生命體驗的過程不斷地賦予它意義和價值又屢屢地消解這種意義和價值的人。也就是說，他既是一個積極的入世者，又是一個虛無的出世者。表面上看來，這好像是一種難以調和的矛盾存在，實質上這正是作為詩人的洛夫，其生命內涵極其豐富和複雜的一種存在。人的生命過程本來就是在不斷地希望和失望中完成的，只有終生處在蒙昧狀態的人才會無憂無慮地度過平庸的一生。洛夫從具備自覺的生命意識開始，就一貫地追求著生命價值的實現，但在這個過程中，他同樣清醒地意識到他的生命終將從這個世界中消失。消失是一種必然的規律，因而不可抗拒。既然不可抗拒，那就只能從它的必將消失的這種過程中尋求到它的意義和價值。而作為詩人，他的表現和表達的方式和手段，就只能是用詩的美學觀念和獨特的藝術意象來達到目的。這正是我們始終在洛夫的詩中感受到的那種冷峻之美、熱烈之美、淒厲之美和溫暖之美交相融匯的根本原因。他的詩中那種「骨頭裡」暗藏著的「智慧的火焰」，不僅是在燃燒著自己，也不斷地向讀者傳遞著強烈的燃燒著的火種，這才是一個真正意義上的詩人的價值所在。

借助於獨特的意象來激起讀者豐富的聯想，是洛夫詩歌的一大特長。在這首〈背向大海〉中，許多出人意料的意象比比皆是，諸如「和南寺的木魚吐出沉鬱的泡沫」，「我和魚群／除了身鱗／便再也沒有什麼可剃度的了」，還有：

我的頭
剛好緊緊頂住孤獨的尾
這是一種解構式的文本書寫
主要表達的是
海藍透了的絕望

在這一系列的意象呈現中，我們感受和感知的，是一種在人與世界接觸並深入其間後的難以言說的沉重、憂鬱、孤獨等等近乎「絕望」的複雜心態，然而這種心態所激發起的又是一種令人心醉的審美感受。它們給人的感覺是，人最終雖然要離開這個世界，但是作為一種生存過程，它是值得依戀的，即使苦難依然存在，即使孤獨和寂寞依然折磨心靈，但因為有峻美，優美，淒美種種事物的存在，所以生命是值得珍惜的，風景是應當飽覽的。

以如此巨大篇幅書寫一首飽含禪性和禪意的詩，也只有像洛夫這樣的詩人才敢於命筆。我們知道，佛學禪宗的進入中國文化領域，之所以會對中國的詩歌產生巨大影響，是因為它的「基因」與中國傳統文化有著相通的關聯的。最主要的一個因素我以為是從諸子百家所沿襲下來的那些缺乏嚴密論證過程的片言隻語的學說，在很大程度上符合詩性思維的特點。所以禪學入詩不僅沒有損害它的思維規律，反而是助長了詩的韻致和韻味的滋生壯大。論述這種詩禪互動的過程非本文所要寫的範疇，亦非我能力所能操作。我只是借洛夫詩中一些現象借題發揮而已。因為〈背向大海〉這樣的長詩，在傳統的詩歌中是不可能出現的，像廢名這樣的詩人，也只能以少數短章篇什來表現他的禪思。洛夫在這樣的長詩中能夠借助豐盈的意象和獨到的神思傳達出他的詩性和禪悟，因而更使得我們注意到這首詩在洛夫晚年的詩歌創作中具有的獨特意義。洛夫在這首詩的結尾處寫下如此詩行：

但海仍有其宿命，我有我的無奈
無奈之極於是我發現
一粒鹽開始在波濤中尋找
成為鹽之前的苦澀
存在先於本質
苦澀永遠先於一滴淚
淚
先於眼睛

這是在闡述哲學嗎？或許可以稱之為詩的存在與本質的哲學，人的生存與本質的詩學罷。

所謂的禪宗禪學，在本質上試圖解釋和探究的，其實也就是人與存在的一種契合關係。詩歌在表現人的生存本質上所呈現出的千姿百態，其實也是在尋求和探究生命過程的種種欲望和追求。所以，禪學入詩，必然是一種互動的關係才具有意義。可以這麼說，詩與禪能夠水乳交融地呈現在詩人的生命體驗中，其所產生的審美效應必然會擴展讀者的審美視野，哺育人們日益因物欲的侵襲而變得乾涸的心田。

洛夫在〈背向大海〉中所展開的詩思脈絡，表現和表達的雖然還是有關生命體驗中的窮根究底的追問，但是由於他的意象紛紜，神思妙語不斷洶湧而出，就使這首詩超出了一般禪詩那種瞬間靈感的頓悟和格局。我們從〈背向大海〉中固然能讀出它的瞬間靈感的頓悟的特色，但同時也深切地感受到它的許多很獨到的深思熟慮。所以它既是靈性的泉湧的產物，又是知性的理智的運思。洛夫畢竟是一個生活在現代社會中的探求者和思考者，所以他的禪詩所具有的複雜內涵是不能用中國古代的禪詩標準來衡量的。

誠然，即使是在洛夫的禪詩中，像〈背向大海〉這樣的長篇巨製也應屬僅見的一例。相對來說，他所寫下的那些短小精煉的詩作，似乎更具有靈性的禪意。

機智與詼諧可以說是洛夫禪詩中最為引人注目的特色之一。洛夫的機智幾乎是構成他這類詩作的一種基本品格。機智源於靈動的思維，看似信手拈來，肆意縱橫；對閱讀者來說，卻是一種豁然開朗的啟迪。像〈烏來山莊聽溪〉這首短詩：

且以風雨聽／以冷聽／以山外燈火聽／那幽幽忽忽時遠時近的溪水／夜色中，極目搜尋／那聲嗚咽響自何處／什麼地方都找遍了／就是忘了橫梗胸中的那一顆／圓圓的卵石

我們已經在他的不少詩中讀到了「石頭」這一意象，在不同的場合與情景中，石頭所具有

的內涵是因時因地而異的。這一次石頭的出現使我們有點意外，因為它被「忘了」。是真的「忘了」嗎？當然不是。是因為「沉重之石」，「欲望之石」已經化成了他身體的內在組合，以至於都「忘了」它的存在。那嗚咽聲恰恰是因它而起，說「忘了」是因為它的沉重和欲望使人變得麻木了。這是不是使得嗚咽更具有悲劇性了呢？這就是洛夫的機智所造成的藝術張力。

我們還看到洛夫的一些超短詩所顯示出的機智鋒芒。像「玫瑰枯萎時才想起被捧著的日子／落葉則習慣在火中沉思」；「夏蟲望著冰塊久久不語／／呵，原來只是／一堆會流淚的石頭」；「我正在尋找一雙結實的筷子／好把正在沉淪的地球挾起來」。諸如此類的三言兩語的詩思，或許在洛夫詩歌中純屬零星的閒言碎語，但它給予讀者的品味總是餘韻悠遠。

與機智相映襯的諧趣，同樣是洛夫禪詩的重要品格。禪宗一派雖說也是佛家子弟，但是他們對待生活所持的態度和精神追求卻是以化解苦難為特色的。所以歷代的禪詩中並不缺少以諧趣為內容的詩篇。南宋的楊萬里的「誠齋體」，在禪詩中可以說是一位集大成的詩人。他寫過一首〈燭下和雪析梅〉：

梅兄沖雪來相見，
雪片滿鬚仍滿面。
一生梅瘦今卻肥，

是雪是梅渾不辨。
喚來燈下細看渠，
不知真個有雪無？
只見玉顏流汗珠，
汗珠滿面滴到鬚。

讀著這種輕鬆逗趣的詩篇，難免聯想起洛夫一些同屬諧趣一類的詩。且看〈自傷〉：

獨自坐在房間裡／燈火／與心事／還有停了的手錶／全部荒涼起來／看看牆上泛黃的照片／那些皺紋幾乎要爬出鏡框／偶爾背兩句〈月下獨酌〉／發現杯子裡的蛇影／竟曖昧地笑了／我無事常摸摸自己的頭／何時再長出青草？／可是又怕／夢裡跑出一群羊來

洛夫的這種「自傷」，同楊萬里的那種「燭下和雪析梅」都屬諧趣，但是又存在著明顯的區別。楊萬里的諧趣可以說是一種閒逸中的「找樂」，而洛夫的諧趣中卻隱藏著某些對生命審視的意味，特別是怕夢裡跑出來的羊吃掉頭上長出來青草的結尾，更是令人在諧趣中聯想起人生世相中的無奈和危局。

我之所以把楊萬里同洛夫作這種有點不倫不類的比較，絕不是想借此「孤證」來闡述什麼「繼承傳統」的道理，而恰恰是為了證明，由於時代的不同，觀念的差異，所以在對詩與禪的理解和表現上，古今詩人之間是有很多不同的。現代社會的複雜與豐富，人對生存狀態的感知與理解，註定了洛夫禪詩的內涵不可能像古代人那樣質樸純淨，所以洛夫才寫下〈大悲咒〉這樣有點近似他的「禪學宣言」的文字。這是我們在考察洛夫禪詩時不可不注意到的問題。

人們都知道，禪宗的一大特點是強調「心慧」，而傳統的詩歌觀念則注重的是「心志」。如果「慧」融於「志」，顯然會增強詩的藝術性內涵，如果以「志」侵襲「慧」，則必然傷害詩的藝術品格。但是二者的相通即在於對「心」的強調和呼喚。正如雨果所說：「比海洋廣闊的是天空，比天空廣闊的是心靈」，在「空故納萬境」這種理解上來把握詩與禪的關係，即可對洛夫禪詩中的現代意識有正確的把握和認識。

洛夫的禪詩，也可以理解為他在「回眸傳統」中對現代詩的一種參與和豐富的創作實踐。作為一個對現代詩作出傑出貢獻的詩人，洛夫禪詩的豐富性與現代性是其詩歌品格的重要特色。但是我們在考察其禪詩的品格時，應當注意到，他的「禪」並非游離於「詩」的附加因素，更不可以把他的「禪」理解成對「禪學」的一種回歸。以我對他的禪詩的閱讀感受，他所吸收的只是一種「禪意」的思辨的靈活性和詭異性。所以他說「魚還是要吃的，桃花還是要戀的」；「有多少慾便有多少禪」。這些話對正宗的禪學無疑是最大的叛逆，可是對他所寫下的禪詩而言，無疑是打開其藝術奧秘的一把鑰匙。他之所以把「禪」最終歸結為「經常赤裸裸地藏身在／我那只／滴水不存的／杯子的／空空裡」，就是因為這種空，才能夠使它隨時裝進許多出人意料的靈思和神思。

詩禪互動成為洛夫禪詩的一大特色，並不是因為「禪」賦予了他的詩以「觀念」，而是因為「禪」的思維方式融入了他的詩思之中，使他的詩思顯得更為靈動，更為詭異，不瞭解這一點，是無法正確把握住他的禪思與詩思之間的關係的。

其實，在洛夫的詩歌創作實踐中，出人意料是他的經常性行為。像他寫下的〈蒼蠅〉、〈汽車後視鏡所見〉這一類詩，看起來似乎與禪性相去甚遠，但是深思一下，他正是在生活中的這種不和諧、不協調的現象中，透露出一種悲天憫人的內心的沉重與壓抑。從另一種意義上說，這又何嘗不是他空空的杯子裡裝下的另一種禪意呢？

禪意和詩意，其實是洛夫在心中永遠不息的精神指引的明燈，只要生命依然存在，它們就會在互動互碰中迸發出耀人眼目的光芒，從而使人們在審美的愉悅中獲得對人生和生存的信念。這恐怕也正是洛夫內心深處的一種堅定不移的信念，否則他不會在耄耋之年仍然嗜詩如命的罷。

二〇〇九・二〇・十・完稿於揚州

洛夫重要文學年表

時間	大事紀
1928年5月11日	生於湖南衡南東鄉相公堡燕子山（今衡南縣相市）。
1954年10月	與張默結識，創辦《創世紀詩刊》。
1955年	與瘂弦結識，邀其加入《創世紀》。
1957年	首部詩集《靈河》，創世紀詩社出版。
1961年7月	發表〈〈天狼星〉論〉，內容為評論余光中詩作〈天狼星〉。
1965年1月	《石室之死亡》（詩集），創世紀詩社。
1967年8月	《外外集》（詩集），創世紀詩社。
1969年5月	《詩人之鏡》（論述），大業書店。
1970年3月	《無岸之河》（詩集），大林出版社。
1970年11月	詩作〈石室之死亡〉等詩收錄於葉維廉編譯的*Modern Chinese Poetry*（《中國現代詩選》），由美國愛荷華大學出版。
1972年1月	主編《中國現代文學大系・詩》，由臺北巨人出版社出版。

時間	大事紀
1974年12月	《魔歌》（詩集），中外文學月刊社。
1975年5月	《洛夫自選集》（詩集），黎明文化公司。
1976年6月	《眾荷喧嘩》（詩集），楓城出版社。
1977年1月	《洛夫詩論選集》（論述），開源出版社。
1979年7月	《一朵午荷》（散文），九歌出版社。
1981年6月	《時間之傷》（詩集），時報文化出版社。
1981年7月	《孤寂中的迴響》（論述），東大圖書公司。
1983年11月	《釀酒的石頭》（詩集），九歌出版社。
1985年8月	《詩的邊緣》（論述），漢光文化公司。
1985年10月	《洛夫隨筆》（散文），九歌出版社。
1988年6月	《因為風的緣故——洛夫詩選（1955-1987）》（詩集），九歌出版社。
1988年9月	《愛的辯證——洛夫選集》（詩集），香港文藝風出版社。
1990年3月	《月光房子》（詩集），九歌出版社。
1990年4月	《天使的涅槃》（詩集），尚書文化出版社。
1993年3月	《隱題詩》（詩集），爾雅出版社。
1993年10月	《夢的圖解》（詩集），書林出版公司。
1994年1月	《雪崩——詩選》（詩集），書林出版公司。

時間	大事紀
1996年6月	《當代大陸新詩發展的研究》（論述，與張默合著），行政院文建會。
1998年6月	《落葉在火中沉思》（散文），爾雅出版社。
1998年11月	《洛夫小詩選》（詩集），小報文化公司。
1998年11月	《洛夫小品選》（散文），小報文化公司。
1999年6月	《雪落無聲》（詩集），爾雅出版社。
1999年9月	《形而上的遊戲》（詩集），駱駝出版社。
2000年1月	開始寫作三千行長詩〈漂木〉。
2000年5月	《洛夫·世紀詩選》（詩集），爾雅出版社，
2000年10月	《雪樓隨筆》（散文），探索文化公司。
2001年8月	《漂木》（詩集），聯合文學出版社。
2001年8月	《洛夫短詩選》（詩集），銀河出版社。
2003年5月	《洛夫禪詩》（詩集），天使學園文化公司。
2003年8月	《洛夫詩抄》（詩集），未來書城公司。
2005年	獲票選為「台灣當代十大詩人」，列為首位。此為台北教育大學《當代詩學》雜誌舉辦之活動，孟樊、楊宗翰策畫。
2006年8月	《雪樓小品》（散文），三民書局。
2007年	《背向大海》（詩集），爾雅出版社。
2009年4月	《洛夫詩歌全集（1~4冊）》（詩集），普音文化出版。

時間	大事紀
2009年7月	《洛夫集》（詩選，丁旭輝編），台灣文學館出版。
2010年4月	《洛夫訪談錄》（訪談錄），蘭台出版社。
2011年10月	《禪魔共舞》（詩集），秀威資訊科技股份有限公司。
2013年6月	《如此歲月》——洛夫詩選：1988-2012》（詩集），九歌出版社。
2013年9月	《洛夫詩全集（上下卷，兩冊）》（詩集），江蘇文藝出版社。
2013年12月	《臺灣現當代作家研究資料彙編33-洛夫》（研究彙編，劉正忠編），台灣文學館出版。
2014年10月	《唐詩解構》（詩集），遠景出版公司。
2017年8月	獲得北京百年詩歌終身成就獎。
2017年12月	獲世界華裔傑出領袖獎。
2017年12月25日	獲頒中興大學名譽文學博士學位，由校長薛富盛代表頒贈。
2018年1月	《昨日之蛇：洛夫動物詩集》，（詩集），遠景出版公司。
2018年3月3日	晚間出席新詩集「昨日之蛇」於飛頁書餐廳的發表會，此為詩人最後一次公開活動。
2018年3月19日	病逝於台北榮民總醫院。
2019年4月26日	游昌發教授於國家音樂廳舉辦「以整生的愛點燃——游昌發洛夫詩歌」音樂會。
2019年5月11日	錢南章教授於國家音樂廳舉辦「魚・石頭・聽禪聲」洛夫&錢南章音樂會。

閱讀大詩46　PG2304

禪魔共舞
──洛夫禪詩・超現實詩精品選

作　　者	洛　夫
責任編輯	黃姣潔、杜國維
圖文排版	蔡瑋中、陳宛鈴、楊家齊
封面設計	陳佩蓉、王嵩賀

出版策劃	釀出版
製作發行	秀威資訊科技股份有限公司 114 台北市內湖區瑞光路76巷65號1樓 電話：+886-2-2796-3638　傳真：+886-2-2796-1377 服務信箱：service@showwe.com.tw http://www.showwe.com.tw
郵政劃撥	19563868　戶名：秀威資訊科技股份有限公司
展售門市	國家書店【松江門市】 104 台北市中山區松江路209號1樓 電話：+886-2-2518-0207　傳真：+886-2-2518-0778
網路訂購	秀威網路書店：https://store.showwe.tw 國家網路書店：https://www.govbooks.com.tw
法律顧問	毛國樑　律師
總 經 銷	聯合發行股份有限公司 231新北市新店區寶橋路235巷6弄6號4F 電話：+886-2-2917-8022　傳真：+886-2-2915-6275

出版日期	2020年8月　平裝版
定　　價	520元

Printed in Taiwan

國家圖書館出版品預行編目

禪魔共舞:洛夫禪詩.超現實詩精品選 / 洛夫著
-- 二版. -- 臺北市 : 釀出版, 2020.08
面 ;　公分. -- (閱讀大詩 ; 46)
BOD版
ISBN 978-986-445-405-1(平裝)

851.486　　109008051

讀者回函卡

感謝您購買本書，為提升服務品質，請填妥以下資料，將讀者回函卡直接寄回或傳真本公司，收到您的寶貴意見後，我們會收藏記錄及檢討，謝謝！
如您需要了解本公司最新出版書目、購書優惠或企劃活動，歡迎您上網查詢或下載相關資料：http:// www.showwe.com.tw

您購買的書名：________________________

出生日期：________年________月________日

學歷：□高中（含）以下　□大專　□研究所（含）以上

職業：□製造業　□金融業　□資訊業　□軍警　□傳播業　□自由業
　　　□服務業　□公務員　□教職　□學生　□家管　□其它______

購書地點：□網路書店　□實體書店　□書展　□郵購　□贈閱　□其他

您從何得知本書的消息？
□網路書店　□實體書店　□網路搜尋　□電子報　□書訊　□雜誌
□傳播媒體　□親友推薦　□網站推薦　□部落格　□其他__________

您對本書的評價：（請填代號　1.非常滿意　2.滿意　3.尚可　4.再改進）
封面設計____　版面編排____　內容____　文／譯筆____　價格____

讀完書後您覺得：
□很有收穫　□有收穫　□收穫不多　□沒收穫

對我們的建議：________________________

____

____

____

請貼
郵票

11466
台北市内湖區瑞光路 76 巷 65 號 1 樓
秀威資訊科技股份有限公司 收
BOD 數位出版事業部

（請沿線對折寄回，謝謝！）

姓　　名：＿＿＿＿＿＿＿＿　年齡：＿＿＿＿　性別：□女　□男

郵遞區號：□□□□□

地　　址：＿＿＿＿＿＿＿＿＿＿＿＿＿＿＿＿

聯絡電話：(日)＿＿＿＿＿＿＿＿(夜)＿＿＿＿＿＿＿＿

E-mail：＿＿＿＿＿＿＿＿＿＿＿＿＿＿＿＿